Gran Angular

Manuel Alfonseca

Bajo un cielo anaranjado

ediciones sm Joaquín Turina 39 28044 Madrid

Colección dirigida por **Jesús Larriba**

Fotografía de la cubierta: *Estudio SM*
Diseño de la cubierta: *Estudio SM*

Comercializa: CESMA, SA - Aguacate, 25 - 28044 Madrid

ISBN: 84-348-3984-9
Depósito legal: M-5524-1993
Fotocomposición: Grafilia, SL
Impreso en España/Printed in Spain
Imprenta SM - Joaquín Turina, 39 - 28044 Madrid

La entrevista

LA luz roja, parpadeante, de la cámara automática de televisión se encendió ante mis ojos una vez, dos veces, tres. Estaba a punto de entrar en antena para dar comienzo a la entrevista más importante de mi vida. Como cada una de las anteriores. Pero ésta iba a ser diferente.

La intermitencia cesó y la luz permaneció encendida. Era la señal. Apreté un botón del mando a distancia y, mientras se apagaba el piloto rojo y en su lugar se iluminaba el verde, comencé a hablar:

—Buenos días. Irene Pinedo les habla a bordo de la nave espacial *Aventura,* a punto de partir hacia el planeta Marte.

Hice una pausa significativa. Aunque no podía verlo, sabía que al menos dos mil millones de personas estaban pendientes de mis palabras. Las emisoras de televisión de todo el mundo habían conectado entre sí para ofrecer esta entrevista. Mi imagen estaba apareciendo simultáneamente en casi todos los hogares de la Tierra. Mi voz, en cambio, sólo se oiría en algunos. En otros sería sustituida por la traducción simultánea.

—Como todos ustedes saben, hoy, jueves, 3 de octubre

del año 2041, comienza oficialmente la colonización del planeta Marte. Por fin ha llegado el momento. O, para ser exactos, llegará dentro de unas seis horas. Pero hemos querido adelantarnos un poco para que ustedes tengan la oportunidad de ver y escuchar a los dos hombres de los que más depende el éxito de esta aventura y que, cuando se aproxime el momento de partir, estarán demasiado ocupados para dedicarnos un solo instante. Esos dos hombres están aquí, a mi lado... iba a decir sentados, pero el término no sería correcto, pues nos encontramos en estado de completa ingravidez.

Presioné un par de botones, y la cámara automática giró un poco y puso en marcha el *zoom*, alejando lentamente la imagen. Sin apenas mirar al monitor, detuve el *zoom* en el momento oportuno y continué:

—A mi izquierda, Steve MacDunn, capitán de la nave *Aventura* y jefe supremo de la expedición durante el viaje a Marte. Buenos días, capitán.

—Hola —repuso Steve, con el laconismo que le caracterizaba.

—Y a mi derecha, Dimitri Tarkov, director del proyecto Ares-III, que tomará el mando de la colonia después de la llegada a Marte. ¿Qué tal, Dimitri?

—Estupendamente, gracias —respondió sonriendo, con mucha más desenvoltura que el capitán.

—¿Está todo dispuesto para la partida, Steve?

—Todo está en orden —respondió el aludido, carraspeando un poco—. Saldremos a la hora señalada.

Steve MacDunn era una de esas personas a las que tienes que tirar de la lengua si no quieres que la entrevista se te vaya al traste. Afortunadamente, a pesar de mi juventud, yo tenía bastantes tablas como para no quedarme sin habla en una situación así. Ésa era una de las razones, entre otras, por las que se me había encomendado aquella misión. Decidí dejar a Steve unos momentos para que se serenara e hice a Dimitri la siguiente pregunta:

—Señor Tarkov, ¿podría usted explicarnos por qué tiene el proyecto ese nombre tan raro, Ares-III?

—Es más simple de lo que parece. Ares era el nombre griego del dios Marte. Ya es tradicional asignar nombres mitológicos a las sucesivas etapas de la exploración del espacio. Recuerde el proyecto Apolo, que puso al primer hombre en la Luna en 1969.

—Sí, claro. Todos hemos oído hablar de él, y algunos de nuestros espectadores lo vivieron personalmente a través de la televisión. Díganos ahora qué significa el III.

—También es muy sencillo. Quiere decir que éste es el tercer intento de colonización de Marte. Ya ha habido otros dos. Pero, señorita Pinedo, eso lo sabe todo el mundo.

—Es muy posible, pero nunca está de más recordarlo. Tenemos tantos espectadores que siempre habrá alguno a quien le venga bien. Tenga la bondad de hablarnos brevemente de las otras dos expediciones, señor Tarkov.

—Pues... la verdad es que no me resulta agradable recordar la primera, especialmente en estos momentos. Ya sabe usted que desapareció sin dejar rastro. Perdimos el contacto con los tripulantes antes de que desembarcaran en Marte..., suponiendo que llegaran a desembarcar.

—Eso fue hace diez años, ¿verdad?

—Exactamente. El año 2031.

—Sin embargo, la segunda expedición fue muy distinta...

Tarkov se animó visiblemente.

—¡Cierto! Puede decirse que fue un éxito completo. Todo salió perfectamente, no sucedió nada anormal, no hubo bajas inexplicables. Se alcanzaron todos los objetivos. Eran sólo veinticinco personas, pero trabajaron como si fueran cien durante el año que pasaron en Marte. Gracias a ellos estamos nosotros aquí. Permítame aprovechar esta oportunidad para rendirles un homenaje de agradecimiento. Estoy seguro de que nos están escuchando.

Era el momento de introducir de nuevo a Steve en la conversación. Apreté los controles para que la cámara le enfocara, me volví hacia él y le dediqué una sonrisa.

—En efecto, uno de ellos nos está escuchando, y desde muy cerca. Usted formó parte de la segunda expedición, ¿verdad, Steve?

—Sí.

—Cuéntenos algo de lo que hicieron en Marte.

—Pues... construimos un lugar donde vivir..., extrajimos agua del subsuelo..., montamos una estación de cultivos hidropónicos... ya sabe, para poder autoabastecernos. Naturalmente, no lo conseguimos por completo. Por eso tuvimos que regresar. Pero resistimos allí casi el doble del tiempo previsto. Fue el primer paso. Me siento orgulloso de haber participado en él.

Steve se iba animando a ojos vistas. Había que aprovecharlo.

—La tercera expedición lo hará aún mejor, supongo...

—Lo intentaremos. Esta vez vamos a instalar un establecimiento permanente. Con la experiencia que tenemos, no será muy difícil. Pero eso es cosa de Dimitri... Mi responsabilidad terminará cuando lleguemos a Marte. A menos que ocurra algún accidente...

—Háblenos del viaje, capitán. El *Aventura* parte dentro de seis horas...

Steve consultó su reloj.

—Dentro de cinco horas y cuarenta y un minutos, exactamente.

—De acuerdo. Pero supongo que el momento de la llegada no lo conoce con tanta exactitud.

—Eso depende de lo que usted entienda por llegada. El viaje propiamente dicho está planificado cuidadosamente, casi podría decir al segundo... Entraremos en órbita alrededor de Marte el próximo 13 de junio. Pero el descenso a la superficie es más difícil de prever. Depende de las condiciones que encontremos al llegar allí. Nuestros conocimientos sobre la meteorología marciana son aún demasiado limitados para poder predecirlas.

—Así que el viaje va a durar más de ocho meses... ¿No parece mucho tiempo?

Naturalmente, yo sabía la respuesta, pero quería que él la dijera.

—No, no es mucho, teniendo en cuenta que hemos de recorrer cientos de millones de kilómetros.

Por segunda vez, tuve que hacerme la ignorante:

—Pero yo creía que la distancia entre la Tierra y Marte era más pequeña... unos sesenta millones de kilómetros.

—Ésa es la distancia mínima. Pero ni estamos ahora en esa situación, ni Marte y la Tierra permanecerán quietos durante el viaje, ni nosotros vamos a ir en línea recta. Seguiremos la órbita de mínima energía, que...

Le interrumpí. Temía que se pusiera demasiado técnico para la mayor parte de la audiencia.

—Steve, ¿cuál es, en su opinión, el mayor peligro que

amenaza a la expedición durante esos cientos de millones de kilómetros? ¿Los meteoritos? ¿Las averías?

El capitán del *Aventura* frunció los labios en una leve sonrisa.

—No, no es muy probable que choquemos con un meteorito. Son mucho más raros de lo que la gente cree. El problema más grave que vamos a tener es la ingravidez.

—¿Por qué? Ahora mismo estamos en esa situación y no me resulta molesta. Más bien me parece divertida.

—Sí, al principio lo es, como todas las experiencias nuevas. Pero ocho meses y medio es un período muy largo. Si no tenemos cuidado, la ingravidez puede ser peligrosa... Un descuido puede provocar un accidente. También tiene consecuencias para la salud humana. Los huesos se descalcifican. Todos los miembros de la expedición estarán sujetos a un control médico muy riguroso.

—Gracias, Steve —dije, actuando de nuevo sobre el control remoto de la cámara para que enfocara hacia mi derecha—. Pero vamos a volver con Dimitri Tarkov, que hace rato que está muy silencioso. Vamos a ver: ¿cómo piensa usted organizar la colonización de Marte?

Tarkov alzó las cejas.

—No utilice usted términos tan grandilocuentes, por favor. Sí, es verdad que vamos a instalar una base permanente, pero de ahí a colonizar todo el planeta hay un trecho enorme. Se necesitarán siglos.

—Ya lo supongo. De acuerdo, formularé la pregunta de otra manera: ¿cómo piensa usted organizar la instalación de la primera colonia? ¿Le parece bien así?

—Excelente —repuso Tarkov, sonriendo—. La verdad, no creo que tardemos demasiado en adaptarnos, pues vamos a aprovechar las instalaciones preparadas por la segunda expedición, que esperamos encontrar en buen estado. Naturalmente, tendremos que ampliarlas, porque ahora somos cincuenta en lugar de veinticinco. Pero todo eso se irá haciendo poco a poco, sobre la marcha.

—¿Dónde están situadas esas instalaciones?

—En un lugar llamado Chryse Planitia, que significa «Llanura de las crisis». Está en el hemisferio norte, no muy lejos del ecuador.

En ese momento empezó a parpadear la luz roja de la cámara, avisándome de que el tiempo fijado para la entrevista estaba a punto de terminar, de modo que tuve que dar por concluida la conversación con Dimitri, porque aún me quedaba algo que decir, y precisamente era lo más importante, al menos para mí.

—Dimitri Tarkov, Steve MacDunn, muchas gracias por habernos dedicado algunos minutos, a pesar de que estamos tan cerca de la hora de la partida. Pero antes de despedirme de ustedes, señoras y señores espectadores, voy a darles una última noticia: mi misión no termina con el final de esta transmisión. Seguiré en la brecha, siempre alerta para que todos ustedes puedan conocer en el acto las primicias de este histórico viaje. Porque yo también formo parte de la expedición. Si todo marcha bien, el próximo día 13 de junio tendrán ustedes una cita conmigo ¡EN DIRECTO, DESDE EL PLANETA MARTE!

La luz verde de la cámara se apagó, indicando que la transmisión quedaba cortada. Exhalé un suspiro de alivio y me volví sonriendo a mis entrevistados, que a partir de aquel instante pasaban a convertirse en mis superiores. Steve se había puesto en pie y avanzaba con movimientos ondulantes hacia la sala de mandos sin tocar el suelo, apoyándose apenas en una de las paredes. Con un gesto de disculpa, señaló su reloj de pulsera y dijo:

—Sólo faltan cinco horas y veintisiete minutos.

«Sí», pensé. «Todo empezará dentro de poco más de cinco horas. Pero ¿quién sabe cómo y cuándo terminará?»

La llegada

LA sala de observación del *Aventura* estaba llena hasta rebosar. Allí se habían reunido todos los miembros de la expedición, excepto los que se hallaban de servicio. Una de las paredes de la sala parecía haberse disuelto y estar abierta al espacio exterior como si la hubiese perforado un asteroide gigantesco. Eso nos causaba a todos una insoportable sensación de desnudez y desamparo. En realidad, no corríamos ningún peligro, pues la pared no había sufrido daño alguno: simplemente se había convertido en una enorme pantalla sobre la que se proyectaba la imagen captada por las cámaras de la nave, que era enviada simultáneamente a la Tierra. El sonido tenía que ponerlo yo.

Mi puesto podía considerarse como el lugar de honor: estaba situado en primera fila, en el punto de mejor visibilidad. A través del micrófono que sostenía en la mano, mis palabras y comentarios eran transmitidos a todos los hogares de la Tierra, como en aquella otra ocasión, ya tan lejana, en que, casi nueve meses antes, retransmití el momento de la partida.

Era el viernes 13 de junio del año 2042. Como había predicho Steve MacDunn, el viaje había transcurrido sin ningún incidente y había llegado a su término en la fecha prevista. Pero ¡qué cambio había sufrido yo! En esos pocos meses, la ingravidez permanente, la inmovilidad forzada, la aglomeración y el roce continuo con las mismas personas en una situación de claustrofobia me habían provocado un tedio insoportable y un gran deseo de soledad y de silencio.

Ahora mismo, las palabras que estaba pronunciando delante del micrófono parecían salir de mis labios a regañadientes, pugnando contra una presión exterior que sólo existía en mi imaginación. Hablaba despacio y en voz muy baja, como si me hallara en una iglesia, como si me viera privada del don de la palabra por el impresionante espectáculo que tenía a la vista y que estaba describiendo para los incontables millones de ojos humanos que lo veían por primera vez casi, pero no exactamente, al mismo tiempo que yo.

«Ésta es una transmisión en directo desde el planeta Marte», había dicho al comenzar. Y en realidad no lo era, no podía serlo. Porque las imágenes aparecían con retraso en los receptores de televisión y mis palabras se oían casi un cuarto de hora después de que yo las pronunciara. Ese retraso era inevitable. Las ondas de radio no viajan a velocidad infinita, y tenían necesidad de trece minutos y quince segundos para recorrer la distancia que en ese momento nos separaba de la Tierra.

«Ese formidable círculo de negrura que borra las estrellas de la mitad del firmamento es el planeta Marte», expliqué innecesariamente. «Ahora estamos en la cara nocturna, al otro lado del Sol, a punto de entrar en órbita. Ayer se pusieron en marcha los cohetes del *Aventura,* por primera vez desde que alcanzamos la velocidad de crucero al salir de la Tierra. Entonces nos aceleraban, ahora nos están frenando. Hemos recuperado la sensación de peso, de nuevo tienen sentido para nosotros términos como "arriba" o "abajo", aunque en forma muy poco satisfactoria, pues la aceleración de la nave no alcanza la décima parte de la gravedad terrestre. Cualquier movimiento brusco nos lanza hacia las alturas, y parece que transcurre una eternidad antes de que regresemos al suelo.

»Dentro de unos momentos, en cuanto nuestra velocidad alcance el valor exacto, los cohetes se detendrán, entraremos en órbita y volveremos a la ingravidez total, pero sólo transitoriamente, porque no tardaremos mucho en descender a la superficie. Para ello, el *Aventura* lleva dos naves pequeñas, dos módulos o lanzaderas con propulsión independiente, cada una de las cuales tiene capacidad para seis personas. La nave principal se quedará aquí, en órbita, hasta que la necesitemos de nuevo. Como saben, fue montada en el espacio y no es capaz de resistir los esfuerzos necesarios para elevarse desde la superficie de un planeta.

»En este instante experimento la extraña sensación que indica que nos hallamos de nuevo en estado de ingravidez. Los cohetes acaban de detenerse. El viaje del *Aventura* ha terminado.

»¡Miren esa línea clara que ha aparecido en el borde de Marte! Es la luz del Sol, reflejada por el planeta. Es el amanecer, que se acerca. Y un poco más a la derecha verán un punto luminoso, mil veces más brillante que cualquier estrella: es Fobos, el mayor de los dos satélites de Marte, un pedrusco de poco más de veinte kilómetros de diámetro, con forma de patata, cubierto de cráteres, al que no tardaremos en adelantar, pues nuestra órbita es más baja que la suya.

»Observen cómo crece a ojos vistas la parte iluminada del planeta. Ya se ve perfectamente el color de la superficie, rojo anaranjado, aunque todavía no podemos distinguir los detalles. Pero no se preocupen. En cuanto aparezca Chryse Planitia, se la señalaré. Allí es donde vamos a vivir».

Continué mi explicación durante más de media hora, señalando los hitos con ayuda de un mapa que me había proporcionado el capitán, mientras la parte iluminada de Marte crecía hasta llenar casi todo el campo de visión y, con su fulgor rojizo, borraba por completo las estrellas. Pero esta transmisión estaba destinada a tener un final prematuro. Mucho antes de la hora prevista, ocurrió algo que nos obligó a modificar los planes.

Yo llevaba un rato observando que una zona de la superficie de Marte no cuadraba con el mapa que tenía delante. Era una mancha blanquecina, borrosa, aproximadamente circular, que en algunos momentos parecía moverse, aunque nunca con tanta claridad como para dejarme libre de toda duda. No dije nada al respecto porque no sabía lo que era, pero mis ojos la buscaban continuamente y mis palabras se perdían a veces en mitad de una explicación. Al menos, eso me dijeron, pues yo estaba demasiado intrigada para darme cuenta. Y fue precisamente esa mancha la que cambió la situación.

De pronto, la voz del capitán resonó a través de los altavoces de la nave, y tuve que interrumpirme para escucharle. Sus palabras, captadas por el micrófono que yo tenía en la mano, se propagaron hasta la Tierra, por lo que todo el mundo se enteró de lo que ocurría.

—¡Atención! Acabamos de descubrir en la superficie de Marte los primeros síntomas de una tormenta de polvo que amenaza cubrir todo el planeta. Es preciso proceder al desembarco inmediatamente, si no queremos quedarnos encerrados en el *Aventura* hasta que se aclare la atmósfera. Durante la tormenta, la visibilidad será nula, y las lanzaderas no podrán operar. Les recuerdo que las tormentas marcianas de polvo duran, a veces, varios meses. Queda suspendida la transmisión en directo a la Tierra. Se ruega a todo el mundo que abandone la sala de observación y se dirija inmediatamente a su puesto.

Apenas me dejaron unos segundos para pronunciar unas palabras de despedida. Después, la imagen de Marte desapareció, y la pared de la sala de observación volvió a su estado normal. Dejé el micrófono y el mapa, y me dirigí al camarote que compartía con otras cinco mujeres. Ése era mi puesto. Como no formaba parte del personal técnico de la nave, lo que tenía que hacer en caso de emergencia era quitarme de en medio cuanto antes, para no estorbar a los demás.

Ahora sabía lo que era la mancha blanca: un tornado, una tormenta giratoria, como las que aparecen a menudo en las regiones tropicales de la Tierra, pero mucho mayor. Tenía que ser enorme, para parecer tan grande desde la altura a la que nos encontrábamos. Y todavía iba a crecer más, hasta inundar de polvo toda la atmósfera del planeta.

Antes de que eso ocurriera, teníamos unas cuantas horas por delante, quizá varios días. Sin embargo, no había tiempo que perder. Era necesario hacer muchos viajes, pues sólo disponíamos de dos lanzaderas, que no podían llevar más de doce personas simultáneamente, sin contar la carga. Además, el desembarco no podía ser inmediato.

Había que enviar primero un grupo especializado para que comprobara si las instalaciones de la segunda expedición estaban en condiciones de funcionar.

Pero todo se llevó a cabo felizmente en menos de cuarenta y ocho horas, y el día quince de junio, poco después del amanecer, las dos lanzaderas se posaban junto a una enorme burbuja de plástico transparente, en el centro de Chryse Planitia, después de realizar su último viaje. Y cuando los astronautas recorrían los últimos metros a través de la llanura marciana, se elevaban a su alrededor pequeñas plumas de polvo, al tiempo que la atmósfera iba tomando un aspecto cada vez más opaco e impenetrable.

Al día siguiente, la visibilidad era totalmente nula, y lo siguió siendo durante más de un mes.

Pero eso no quiere decir que nos aburriésemos. Había demasiadas cosas que hacer: adaptar las instalaciones, trasladar objetos de un lado a otro, comenzar los trabajos de expansión... No nos quedaba ningún tiempo libre para lamentarnos de no poder explorar el planeta que constituía nuestro nuevo hogar.

NUESTRA CASA, o más bien nuestra ciudad, es una enorme burbuja de doscientos metros de diámetro y veinticinco de altura, cuyas paredes de plástico se hunden en tierra hasta seis metros de profundidad. El interior está perfectamente aislado y lleno de aire a presión casi normal: un noventa por ciento de la que tiene la atmósfera terrestre al nivel del mar. Es como si viviéramos en lo alto de una montaña de unos 1000 metros de altitud. Las paredes son transparentes, y a través de ellas podemos ver el suelo pardo-amarillento del planeta, de tierra pulverulenta salpicada de rocas de diversos tamaños. En cambio, el suelo de la burbuja es de linóleo.

Esta estructura es absolutamente necesaria para asegurar nuestra supervivencia. La atmósfera de Marte es cien veces menos densa que la terrestre y totalmente irrespirable. La temperatura es muy baja: rara vez sobrepasa los 30 grados bajo cero y, de noche o en invierno, puede llegar a los 90. En esas condiciones, para salir al exterior de la burbuja es imprescindible llevar un traje espacial.

Los cuatrocientos mil metros cúbicos de aire que contiene la burbuja se regeneran automáticamente y se mantienen respirables mediante diversos procedimientos. Por un lado, los cultivos hidropónicos, además de proporcionarnos alimentos frescos, consumen anhídrido carbónico y desprenden oxígeno mediante la fotosíntesis. Pero, como esto es insuficiente, utilizamos también medios químicos para completar la limpieza del aire que respiramos.

También tenemos mucho cuidado con el agua, pues el subsuelo de Marte sólo proporciona pequeñas cantidades, y es necesario buscarla a grandes profundidades. Por eso, disponemos de máquinas que la extraen de nuestras sustancias de desecho y que incluso recuperan del aire el vapor de agua que desprenden nuestros cuerpos. El agua marciana sólo sirve para reponer las pequeñas pérdidas inevitables.

Naturalmente, mi trabajo de periodista y corresponsal en Marte no me ocupa demasiado tiempo, por lo que se me ha asignado un puesto en la sección de cultivos hidropónicos, que tiene a su cargo la alimentación de la colonia. Aquí nadie puede permanecer ocioso: casi todo el mundo desempeña dos papeles, por lo menos. Y dado que mi falta de formación técnica me incapacita para otras actividades, me alegra poder ser útil en lo que yo llamo, para horror de los expertos, nuestro Departamento de Agricultura.

Cuando se me asignó esta tarea no podía imaginar que, entre tantos científicos, iba a ser yo quien hiciera el descubrimiento más importante de todos los tiempos y que sobre mis hombros iba a recaer una enorme responsabilidad, que amenaza aplastarme bajo su peso.

En el volcán

OLYMPUS Mons (Monte Olimpo). *El volcán más grande de Marte y, quizá, de todo el sistema solar. Su altura es de veintisiete kilómetros (tres veces mayor que la del Everest). Cubre un área circular de más de doscientos mil kilómetros cuadrados (casi la mitad de España). La caldera, de sesenta y cuatro kilómetros de diámetro, está bordeada por una escarpa que, en algunos lugares, alcanza los siete kilómetros de altura. No se sabe si está activo, pues en Marte no se ha observado nunca ninguna erupción, ni en Olympus Mons ni en ningún otro volcán. Fue descubierto en 1879 por Schiaparelli, aunque su naturaleza volcánica no se reconoció hasta casi un siglo después, cuando la sonda Mariner 9 fotografió la superficie de Marte* (Encyclopaedia Terrestris, 2.ª edición, disco óptico n.º 15, año 2036).

EL 28 DE JULIO, fecha en que se cumplían cuarenta y cinco días de nuestra llegada a Marte, estaba yo en mi dormitorio con Inge Borland, una de mis compañeras de habitación, cuando alguien llamó con los nudillos a la puerta y, sin aguardar respuesta, la abrió y entró. Era Marcel Dufresne, un técnico francés que había conocido durante el viaje y que desde entonces se había convertido en mi compañero inseparable, muy a mi pesar. En un ambiente tan cerrado como el de la colonia, me resultaba difícil eludirle.

Llegaba sin aliento, como si hubiera hecho un esfuerzo desacostumbrado. Inge le miró con ojos hostiles y le preguntó:

—¿Qué pasa? ¿Has visto algún fantasma?

Marcel alzó las cejas y respiró profundamente antes de responder:

—Todo lo contrario. El fantasma ha desaparecido. Ha terminado la tormenta de polvo.

Inge se encogió de hombros.

—¿Eso es todo? Por el aspecto que tenías al entrar, he creído que habría pasado algo importante.

Marcel la ignoró y se dirigió únicamente a mí.

—Steve está preparando una salida para mañana. Busca voluntarios para acompañarle. ¿Qué te parece, Irene?

—¡Estupendo! ¿Adónde vamos a ir?

—A Olympus Mons. Ya sabes, el volcán más grande de Marte. Es una oportunidad única. Descenderemos a la caldera.

Inge lanzó una risita despectiva.

—¿Una oportunidad única? ¡No me hagas reír! Tendremos cientos como ésa. Dentro de un año estaremos hartos de viajes y exploraciones. Total, ¿para qué? Este planeta está muerto.

—Si tanto te fastidia, ¿por qué viniste? —estalló Marcel.

Inge se puso rígida y le fulminó con la mirada. Luego se levantó, se dirigió a la puerta y salió sin decir palabra.

Marcel la siguió con los ojos, sonrió con displicencia y se volvió de nuevo hacia mí.

—Vendrás, ¿verdad?

—Naturalmente. Voy en seguida a decirle a Steve que quiero acompañarle.

—No es necesario. Ya le he dicho yo que cuente con los dos.

Eso me indignó. Al parecer, aquel tipo creía que podía actuar en mi nombre sin tomarse la molestia de consultarme. Y, como yo no me trago las palabras, le dije con toda claridad lo que pensaba de él.

—Pero ¿qué te pasa? —exclamó sorprendido—. ¿Qué he hecho ahora? ¿Por qué te enfadas? ¡Si estabas deseando salir en cuanto se presentara la primera oportunidad! Me lo dijiste ayer mismo.

Me quedé mirándole asombrada. Al fin, venció la cortesía, forcé una sonrisa y dije:

—Está bien, Marcel. Te lo agradezco. Pero ahora déjame, por favor. Necesito un instante de tranquilidad.

Marcel me observó en silencio durante unos momentos. Luego se encogió de hombros y salió de la habitación. Yo esperé un rato para dar tiempo a que se alejara. Después, salí también y, dirigiéndome a la escotilla de entrada de la burbuja, miré ansiosa al exterior a través de la pared transparente. Marcel tenía razón. La mayor parte del polvo que había hecho opaca la atmósfera había vuelto a posarse. No todo, por supuesto, pues eso no ocurriría jamás. Pero, al menos, el Sol volvía a brillar, y la visibilidad se había alargado hasta varios cientos de metros. Sobre nosotros se elevaba como una cúpula el extraño cielo anaranjado de Marte.

EL VIAJE DE EXPLORACIÓN que estábamos a punto de iniciar era el primero que se organizaba, pero, naturalmente, no sería el último. Yo pensaba participar en todos, pues mi profesión me obligaba a ello, y en cuanto se reanudaran las transmisiones a la Tierra, tenía la intención de enviar un programa al menos cada semana.

En una atmósfera tan tenue como la marciana era absolutamente imposible utilizar aviones o helicópteros para trasladarse de un lugar a otro. Por otra parte, el viaje a Olympus Mons era demasiado largo y difícil para emprenderlo a pie o en un vehículo terrestre: el volcán está separado de Chryse Planitia por más de cuatro mil kilómetros de terreno muy accidentado. Por esa razón, íbamos a utilizar uno de los dos módulos propulsados por cohetes que nos sirvieron para llegar a la superficie del planeta desde el *Aventura,* que aún seguía en órbita alrededor de Marte.

Los cinco miembros de la colonia que íbamos a tomar parte en aquella primera exploración abandonamos la burbuja por la única salida, que daba a la llanura donde estaban las lanzaderas a través de un pequeño compartimento estanco. Después de dar algunos pasos, Marcel se volvió a contemplarnos y lanzó una carcajada.

—¿Qué es lo que te hace tanta gracia? —le preguntó Steve. Los trajes espaciales estaban provistos de emisores y receptores de radio sintonizados a la misma frecuencia, por lo que todos podíamos hablar unos con otros.

—Excepto Steve, estáis todos muy graciosos —replicó Marcel sin dejar de reír—. Parecéis tres osos patosos.

—Pues yo estoy viendo cuatro —respondió el jefe de la expedición—. No olvides que tú eres tan novato como ellos.

—Es esta maldita gravedad —dijo Jozef Larski, que a duras penas podía contener la risa—. Es muy difícil acostumbrarse a andar. Cuando quieres levantar un pie, se te sube hasta las nubes. Y cuando das un pequeño salto para eludir un obstáculo, te encuentras con que has ido a parar a un metro de distancia.

—Además, el peso del traje despista un montón —dijo Marcel.

—Pues yo no lo encuentro tan pesado —intervine yo—. Me parece que exageras.

—¡Claro que no parece pesado! Veinte kilos terrestres se convierten en Marte en poco más de siete y medio. Pero si el peso es inferior, el momento de inercia no varía, y eso es lo que despista.

—Ya lo sé, no hace falta que me lo expliques —repuse algo mohína. Me fastidiaba la habilidad que tenía para hacerme quedar como una ignorante. Y lo peor es que a menudo tenía razón.

Durante esta conversación habíamos llegado al módulo que íbamos a utilizar. Steve abrió la puerta y ordenó que nos dirigiéramos a nuestros asientos y nos abrocháramos los cinturones de seguridad. Luego realizó las comprobaciones previas a la salida, obtuvo de la base la autorización para despegar y se dispuso a poner el vehículo en marcha. Se hizo un silencio absoluto.

Media hora más tarde, el módulo se posaba suavemente en el centro de la caldera del volcán más grande del sistema solar. Todos descendimos y miramos a nuestro alrededor. Yo tenía la cámara de vídeo preparada, pero tardé un poco en ponerla en marcha. Me sentía algo decepcionada. El paisaje que nos rodeaba no tenía nada de impresionante. El suelo, casi plano y de lava solidificada, se extendía indefinidamente en todas direcciones como una inmensa y desierta llanura. El diámetro de la caldera era tan grande que la mayor parte de su reborde rocoso quedaba por debajo del horizonte. Sólo hacia el norte se veía a lo lejos una enorme pared montañosa que, a aquella distancia, parecía una cordillera.

De pronto, me di cuenta de que el cielo tenía allí un aspecto muy diferente del que ya me había acostumbrado a asociar con el planeta Marte. En lugar de anaranjado, era azul oscuro, casi negro. A lo lejos, cerca de la pared rocosa, vi con sorpresa algunas nubecillas blancas, alargadas y algodonosas.

—¿Por qué tiene el cielo este color tan raro? —pregunté a través del intercomunicador.

—Porque estamos a veinte kilómetros de altura y la mayor parte de la atmósfera queda debajo de nosotros —respondió Steve—. Aquí no llega el polvo. Estamos en un vacío casi absoluto.

—¿Qué vamos a hacer ahora? —quiso saber Jozef Larski.

—He posado el módulo muy cerca de una de las chimeneas. Vamos a ver qué aspecto tiene. Quizá podamos deducir si el volcán está apagado o no.

El quinto miembro de la expedición, un alemán llamado Karl Malden, que no había hablado hasta entonces, despegó los labios por primera vez.

—¿No deberíamos separarnos para aprovechar mejor el tiempo?

—No, Karl, es mejor que vayamos todos juntos.

—No podemos perdernos. Estamos conectados por radio.

—¿Y si ocurre un accidente?

—¿Qué puede ocurrir en un terreno tan llano como éste?

—A pesar de todo, haremos lo que yo digo. Recuerda que soy el jefe de la expedición —declaró Steve con voz tajante.

Emprendimos la marcha. Naturalmente, no pude evitar que Marcel se pegara a mí, pero procuré prestarle la menor atención posible y, a menudo, utilicé la cámara sin tener gran cosa que grabar. Estaba visto que aquella salida no iba a proporcionarme mucho material.

Después de caminar durante un rato, me fijé en un objeto de gran tamaño que se encontraba a unos veinte pasos hacia la izquierda del camino que estábamos siguiendo. En realidad, no era más que una roca, pero en un terreno tan plano cualquier cosa que sobresaliera un poco atraía la atención. Hice unas tomas y me dispuse a seguir a mis compañeros, pero de pronto cambié de idea, decidí observar la roca más de cerca y me dirigí hacia ella, seguida, como siempre, por Marcel.

Al llegar descubrí que no se trataba de una roca, sino de dos, una de las cuales estaba firmemente empotrada en tierra, mientras que la otra se apoyaba sobre ella en un ángulo muy pronunciado. Pero lo más curioso era que la cara inferior de esta última parecía adornada por unos extraños copos o escamas, algunos de los cuales se habían desprendido y caído al suelo, que estaba cubierto por un polvillo blanquecino. Tomé un primer plano de la roca y de las escamas, luego me arrodillé, intenté rascar las escamas y descubrí que se desprendían con facilidad.

—Voy a coger unas muestras para estudiarlas en la colonia —dije, tomando también un poco de polvo blanco e introduciéndolo en un bolsillo del traje, previsto para casos como éste.

Sólo permanecimos junto a las rocas algunos minutos. Durante ese tiempo, nuestros compañeros no podían haber avanzado más que algunas decenas de pasos. Sin embargo, cuando me puse en pie y me dispuse a seguirlos, comprobé que los habíamos perdido de vista.

No me extrañó demasiado. Pensé que se encontrarían detrás de alguna desigualdad del terreno, una grieta u ondulación, que los ocultaba a nuestros ojos. Y en efecto, después de caminar durante un corto espacio, llegamos al borde de una depresión poco profunda, prácticamente invisible desde la superficie del cráter, en cuyo fondo estaban los demás, contemplando con atención un pozo bastante ancho que se hundía hacia las entrañas de Marte. Aquélla era una de las chimeneas de Olympus Mons, por donde las lavas del interior del planeta habían salido a la superficie en cantidades inmensas en un pasado cuya lejanía o proximidad se trataba precisamente de descubrir. Karl Malden estaba ya cortando algunas muestras de lava para analizarlas en el laboratorio de la colonia.

Me acerqué a Steve y le pedí disculpas por haberme rezagado. Luego enfoqué a Karl y puse en marcha la cámara para captar toda la escena. No sabía que el verdadero descubrimiento del viaje estaba ya hecho y que yo llevaba las pruebas en el bolsillo.

El descubrimiento

PIETRO Fiorentino, bioquímico de la colonia, era un hombre de unos sesenta años, canoso y delgado, que daba la sensación de ser muy nervioso porque tenía la costumbre de tamborilear continuamente con los dedos sobre cualquier superficie dura que estuviera a su alcance. Sin embargo, hablar de su trabajo parecía calmarle un poco. Aquel día, cuando fui a verle, lo encontré más alterado que de costumbre.

—¿Qué has encontrado? —le pregunté, sin saludarle siquiera, nada más entrar en el laboratorio.

Levantó los ojos y, durante unos momentos, me miró sin verme. De pronto, enfocó la vista y pareció darse cuenta de que yo estaba allí. Se levantó del asiento, avanzó hacia mí como poseído por una emoción extraña y me asió con fuerza por las muñecas. Desconcertada, di un paso atrás, pero no me soltó.

—¡Es extraordinario! —exclamó, mientras tiraba de mí hacia su mesa de trabajo—. Ven aquí, quiero que lo veas.

—¿Tiene alguna relación con las escamas y el polvo blanco que traje de Olympus Mons? —pregunté, tratando de conservar la calma.

En lugar de contestar, Pietro señaló el microscopio electrónico.

—¡Mira! —ordenó.

Yo obedecí. Pero, como me temía, la imagen que vi en la pantalla no tenía ningún sentido para mí. Después de unos momentos me volví hacia él y le miré en silencio.

—¿No es maravilloso? —preguntó frotándose las manos.

—Pero ¿qué significa?

Sólo entonces pareció caer en la cuenta de que yo continuaba en la más completa ignorancia. Frunció el entrecejo y exclamó:

—¡Qué ironía! ¡Qué burla del destino! Haces el descubrimiento más sensacional de todos los tiempos y preguntas qué significa. Y, sin embargo, tú, que ni siquiera tienes una carrera científica, tú, que apenas has salido del huevo, te llevarás toda la fama. De mí, que lo he identificado, que tengo cuarenta años de dedicación a mis espaldas, no se acordará nadie.

Pietro trataba de aparentar que hablaba en broma, pero yo advertí que sus palabras encerraban una profunda amargura. Sin embargo, estaba demasiado intrigada por el descubrimiento como para ocuparme de sus sentimientos.

—Pero ¿qué es? —pregunté ansiosa.

Durante unos instantes me miró en silencio. Luego habló con tanto énfasis como si quisiera que sus palabras quedaran grabadas en la historia.

—Acabamos de descubrir que en Marte hay vida —dijo.

Me quedé sin habla. Lo digo de verdad: por primera vez en mi vida, no supe qué responder. No me lo esperaba. ¿Y era yo, una simple periodista, quien había hecho el descubrimiento? Mi primera sensación fue la más absoluta incredulidad. Pero Pietro interpretó mal mi silencio, pues comenzó a extenderse en sus explicaciones, con un ligero tono de impaciencia en la voz.

—¿Comprendes lo que te digo? Esas escamas que me has traído son formas de vida completamente diferentes de las nuestras. ¡Por primera vez se ha detectado la existencia de vida fuera de la Tierra!

—¿Estás seguro?

—No me cabe la menor duda.

—Pero ¿no podría ser algo que hayamos traído nosotros mismos de la Tierra y que se haya adaptado a este ambiente?

—No habría tenido tiempo para cambiar tanto.

—¿Por qué no? La exploración de Marte se remonta a 1976, cuando los Estados Unidos enviaron las cápsulas Vikingo. Desde entonces han pasado casi setenta años.

Pietro me dirigió una mirada francamente hostil.

—¿Setenta años? ¿Es eso lo que tú consideras «tiempo suficiente»? No tienes ni idea de cómo actúa la evolución biológica. Se necesitarían millones de años para que surgiera esto a partir de formas de vida terrestre. Además, ninguno de los Vikingos se posó en Olympus Mons ni en sus proximidades.

Estaba muy excitado. Temí que sus celos hacia mí estallaran con violencia en cualquier momento, y traté de apaciguarle.

—No te pongas nervioso. Reconozco que sé poco del asunto. Soy, como tú mismo has dicho, una aficionada. Por favor, cuéntamelo todo desde el principio.

Mis palabras parecieron calmarle. Se apoyó en la mesa

con una mano, se limpió con la otra el sudor de la frente y comenzó a hablar con voz monótona, como si estuviera pronunciando un discurso:

—El material que trajiste de Olympus Mons está compuesto de materia orgánica en un ochenta por ciento, pero no contiene ni el más mínimo indicio de paredes celulares. He utilizado la máxima ampliación del microscopio, casi cien mil aumentos, y no he podido verlas. Esto significa que la vida marciana se ha desarrollado en líneas totalmente diferentes de la terrestre y que no se basa en la existencia de células.

Señaló un frasco pequeño que había encima de la mesa y en cuyo interior pude ver uno de los copos que yo había traído.

—Esta es una forma de vida relativamente avanzada, pues es visible a simple vista. Desde luego, es mucho más compleja que los microbios que, como mucho, esperábamos encontrar, hasta ahora sin éxito.

—¿Y qué pasa con el polvo blanco? —le pregunté—. ¿Está vivo también?

—El polvo no está vivo —respondió el bioquímico—. Se forma con los restos que se desprenden espontáneamente de las escamas, las cuales viven pegadas a las rocas de una manera parecida a los líquenes de la Tierra, aunque no tienen nada que ver con éstos.

—Ya entiendo. Se trata de una forma de vida muy primitiva, muy poco viva, por decirlo así.

—No estoy de acuerdo —protestó Pietro—. Esos copos son capaces de alimentarse por sí mismos utilizando la energía solar. Y no necesitan oxígeno para respirar. Están tan vivos como tú y como yo.

—¿Sabes ya de qué manera se alimentan y cómo se reproducen?

—Todavía no. No he tenido tiempo. Sé que realizan una función parecida a la fotosíntesis, pero sin clorofila. Todavía ignoramos muchas cosas. ¡Pero las descubriré, te lo aseguro, como me llamo Pietro Fiorentino!

Viendo que volvía a perder la calma, me apresuré a despedirme y le dejé con sus investigaciones. Si todo lo que me había dicho era cierto, yo tenía algo importante que hacer y quería hacerlo cuanto antes.

DIMITRI TARKOV me miró fijamente desde el otro lado de la mesa de su despacho, pero durante algunos minutos no dijo nada. Me había mandado llamar con urgencia y yo, aunque conocía muy bien la causa, había decidido fingir ignorancia el mayor tiempo posible. Sentado a mi lado, Steve MacDunn permanecía en silencio, mirándose las uñas de las manos. Por fin, al ver que no lograba ponerme nerviosa, Dimitri se cansó y dijo:

—Estoy esperando una explicación.

Puse cara de ingenua y le respondí con una sonrisa.

—No sé a qué te refieres, Dimitri.

Por un momento, contrajo los puños como si le costara trabajo controlarse. Después habló, con voz muy tensa, entre los dientes apretados:

—Lo sabes perfectamente. Me refiero a la comunicación que has enviado a la Tierra hace poco más de una hora y que ha sido difundida inmediatamente por todos los medios informativos.

—¡Ah! ¿Es eso? ¿Qué tiene de particular?

—Nada, salvo que no te has molestado en pedir mi autorización o, por lo menos, en informarme previamente.

—No se me ha ocurrido.

—No, a ti no se te ocurre nada. Se efectúa bajo mi jurisdicción el descubrimiento del siglo, y yo soy el último en enterarse. ¿Te parece correcto?

No contesté. En realidad no había nada que decir. Lo que había hecho, lo había hecho a sabiendas, perfectamente consciente del revuelo que se iba a armar. Pero no podía arriesgarme a que Tarkov prohibiera la difusión de la noticia. Aunque él era técnicamente mi superior jerárquico por ser el responsable de la colonia, yo me debía ante todo a mi público. Por eso tuve que adelantarme y, aprovechando la primicia que acababa de darme Pietro Fiorentino sobre la existencia de vida en Marte, me apresuré a dirigirme a la sección de transmisiones, donde no se sorprendieron de verme, pues mi trabajo me llevaba allí con frecuencia, y envié ese mensaje a los medios informativos. Ahora estaba hecho, y todos los enfados de Dimitri no conseguirían deshacerlo.

Naturalmente, yo comprendía su punto de vista. En rigor era él quien tenía que haber dado la noticia. Yo le conocía ya lo bastante para saber que le encantaba dar golpes de efecto y asombrar a los demás. Esta vez lo habría conseguido plenamente, si yo no me hubiese adelantado.

—Tengo entendido que el hallazgo que dio lugar al descubrimiento se efectuó durante la expedición a Olympus Mons —dijo Steve, interviniendo por primera vez en la conversación.

—Así es —contesté.

—Supongo que tampoco se te ocurrió que debías informarme a mí, como responsable de aquella salida.

—No pensé que fuera importante —respondí, enrojeciendo. Por algún motivo, la opinión de Steve me preocupaba mucho más que la de Dimitri—. Al fin y al cabo, sólo se trataba de un poco de polvo.

—A pesar de todo, deberías habérmelo dicho. Espero que no vuelva a suceder.

—Lo mismo te digo, Irene —exclamó Tarkov—. Ten presente que aquí no rigen las leyes civiles, sino la disciplina del servicio astronáutico, muy similar a la del ejército. Lo que has hecho constituye una grave transgresión de esa disciplina. Por esta vez, lo dejaremos pasar, pero no debe repetirse. ¿Está claro?

—Perfectamente.

—¿Qué va a ocurrir ahora? —preguntó Steve, dirigiéndose a Dimitri.

—¿A qué te refieres?

—Quisiera saber cómo va a afectarnos esto desde el punto de vista político. No sé si me explico. El hallazgo de formas de vida extraterrestre tiene un enorme poder propagandístico. Sospecho, por consiguiente, que dentro de muy poco tiempo vamos a estar en el centro de la atención pública, y me pregunto cómo nos va a afectar eso.

Tarkov carraspeó. Esperaba esa pregunta, pero al mismo tiempo la temía, porque no estaba seguro de cómo debía contestarla.

—Éste —dijo— va a ser, sin duda alguna, el primer gran resultado de la misión Ares-III. Es verdad que su importancia práctica es reducida, por no decir nula; pero tienes razón, Steve: su efecto sentimental y de propaganda será inmenso. A partir de ahora, nadie se atreverá a decir que los esfuerzos de colonización del planeta Marte son un dispendio inútil. Por eso, me parece que este descubrimiento nos va a ser muy favorable. El gobierno tiene sobre la mesa ciertos proyectos cuya aprobación significaría nuestra consolidación definitiva, pero con los que en el fondo yo no me atrevía a contar porque exigen grandes sumas de dinero y que ahora... Pero ya he dicho demasiado. Por favor, no me preguntéis más, no estoy autorizado a hablar.

—En ese caso —repuso Steve— creo que deberíamos expresarle a Irene nuestra felicitación y nuestro agradecimiento, con independencia de los errores de forma en que haya podido incurrir. Al fin y al cabo, ella ha sido la principal responsable.

Un poco a regañadientes, Dimitri Tarkov me dirigió algunas palabras amables, pero casi no pude escucharlas: me había turbado demasiado esta muestra de simpatía por parte de Steve, totalmente inesperada en un hombre tan serio y poco expresivo como él. Y mientras salía del despacho del jefe de la colonia, sentí una enorme e inexplicable felicidad.

Una gran noticia

DIMITRI tenía razón. Mi descubrimiento ha tenido grandes consecuencias para la colonia marciana. Bueno, tal vez peque de presunción al decir que todo ha sido obra mía. Probablemente habría ocurrido de todas formas. A pesar de su acostumbrada lentitud, los políticos sólo han tardado cuatro meses en someter a la aprobación del Parlamento Terrestre el proyecto de ley de desarrollo de Marte. Su promulgación definitiva puede demorarse alrededor de un año.

Para nosotros, esa ley supone una revolución. Pondrá a nuestro alcance energía barata en grandes cantidades, lo que nos permitirá avanzar mucho más deprisa, ampliar las instalaciones y aumentar considerablemente la población. Pero eso no es todo: los científicos dicen que, a la larga, podremos aspirar a reconstruir por completo la atmósfera y elevar la temperatura media de Marte, con lo que será posible salir al exterior sin protecciones especiales. Otro de los proyectos permitirá irrigar y cultivar enormes regiones, tan grandes como continentes... La verdad es que a mí me cuesta trabajo creerlo. Pero ellos aseguran que, dentro de unos siglos, Marte se convertirá en un planeta apto para la vida humana. Incluso han inventado para designar este proceso un término que a mí me parece horrible: «Terraformación».

El procedimiento que nos permitirá obtener energía es muy simple: se colocarán en órbita estacionaria alrededor de Marte tres grandes espejos parabólicos que captarán la luz y el calor del Sol y los enfocarán hacia una estación de aprovechamiento de energía solar situada a dos mil kilómetros de las instalaciones actuales de la misión. Desde allí se conducirá a los distintos centros de utilización por líneas ordinarias de fibra óptica. El primero de dichos centros se construirá muy cerca de la colonia; pero a medida que se vayan extendiendo las actividades humanas en Marte se irán creando otros. Para eso necesitaremos gente. Mucha gente.

Sin duda, dentro de poco habrá una avalancha de voluntarios que querrán aprovechar las oportunidades que se van a abrir aquí. Entonces, nosotros seremos los pioneros, los padres fundadores, los únicos que tendremos experiencia. Será una situación curiosa y muy interesante.

MARCEL DUFRESNE irrumpió jadeante en mi habitación. Al verle, Nina Fedorovna, otra de mis compañeras, frunció el entrecejo y dijo:

—Hay gente que todavía no se ha enterado de que hay que llamar a las puertas antes de entrar en las habitaciones.

Marcel la ignoró y se dirigió únicamente a mí:

—Ven un momento. Tengo que hablar contigo.

Aunque estaba tan enfadada como Inge y Nina, preferí sacar de allí a Marcel cuanto antes, me puse en pie y lo seguí hacia la puerta. Inge me observó con una sonrisa cínica. Mientras salía, oí como le decía a Nina:

—Hace de ella lo que quiere. Siempre está igual: «Ven aquí, vete por allá». Y ella le obedece como un corderito.

No me hizo ninguna gracia oír aquello, y la irritación que me producía Marcel aumentó considerablemente. Así que, en cuanto salimos al pasillo, le pregunté desabridamente qué quería de mí.

—Acabo de enterarme de la gran noticia —respondió—. ¿La conoces ya?

—Si te refieres al proyecto de ley, sí, lo conozco.

Marcel se detuvo y me miró resplandeciente.

—Todo esto se debe a tu descubrimiento. Por primera vez en la historia de la humanidad, el hombre ha demostrado que existe vida fuera de la Tierra. Y lo has conseguido tú. Tu nombre quedará grabado en letras de oro en los archivos de la historia. Esto es tan importante como el primer viaje a la Luna. Quizá más.

Su alegría me pareció un poco exagerada, y no comprendí por qué tenía que alabarme tanto. Después de todo, ¿qué había hecho yo? Fijarme en aquellas escamas y llevárselas a la persona capacitada para analizarlas. Lo más importante lo había hecho Pietro Fiorentino. Pero él había acertado en su previsión: nadie mencionaba su nombre. El mío, en cambio, estaba constantemente en labios de todos. De hecho, yo había recibido mil ofertas muy sustanciosas para volver a la Tierra y dedicarme a dar series de conferencias, o a escribir libros, o, simplemente, a hacer anuncios de los más variados productos. Naturalmente, rechacé todas esas ofertas. Marte estaba ahora más interesante que nunca y ofrecía mil perspectivas a una persona de mi profesión. Y yo no estaba dispuesta a cederle la oportunidad a otro colega.

Las alabanzas de Marcel me empalagaban. Además, me sonaban a falsas. Yo tenía la sensación de que encubrían un sentimiento poco noble. Y no me costó mucho trabajo identificarlo: era la envidia. Marcel estaba molesto porque yo me había llevado toda la fama del descubrimiento, mientras él, que estaba a mi lado cuando me fijé en las escamas, había quedado al margen. Le había ocurrido lo mismo que a Pietro, pero en su caso con toda justicia, pues él no había hecho nada, absolutamente nada.

Le dejé que siguiera hablando durante cierto tiempo. Quería saber hasta dónde llegaba su imaginación en materia de inventar elogios. No me defraudó. Parecía disponer de un repertorio inagotable. Estoy segura de que, en la Tierra, había tenido un gran éxito con las mujeres. Me pregunté qué le había impulsado a venir a Marte, y sentí algo de pena por él. Por una vez, estaba perdiendo el tiempo, pues empleaba todo su atractivo y todos sus halagos ante una persona completamente inmunizada contra ellos.

Por fin, no pude soportarlo más y le rogué que fuese al grano. Su cara se ensombreció por un momento. Evidentemente, no estaba acostumbrado a encontrar tanta resistencia y, sin duda, había esperado que yo caería en sus brazos en cuanto le oyera. Pero recuperó pronto la confianza en sí mismo y paso a la etapa siguiente de su ataque:

—Irene, la fama que has conseguido, que es muy merecida, es una gran responsabilidad. Quiero que sepas que siempre podrás contar conmigo. Cuando me necesites, no tienes más que llamarme, y yo estaré a tu lado enseguida. Te ayudaré en todo lo que haga falta.

—Muchas gracias, Marcel —repuse—. Si embargo, creo que exageras. La única responsabilidad que tengo como consecuencia de lo que ha sucedido es evitar que esa fama de que hablas se me suba a la cabeza y seguir trabajando lo mejor que pueda... No creo que vaya a necesitarte. Sé arreglármelas sola.

Antes de que pudiera reaccionar, me alejé de él lo más deprisa que pude. Había sido un poco dura, pero se lo merecía. De todos modos, tampoco quería aplastar por completo sus esperanzas. Tenía la sensación de que Marcel podía ser un mal enemigo.

QUIZÁ FUERA UNA CASUALIDAD, pero apenas me separé de Marcel, me encontré con Steve. Y sus primeras palabras fueron casi las mismas:

—¿Te has enterado?

—Sí, ya he oído lo de la ley de desarrollo.

—Es fantástico, ¿verdad? Abre un montón de posibilidades. Y se va a aprobar gracias a tu descubrimiento.

Es curioso, pero, a pesar de su semejanza con las de Marcel, las palabras de Steve me parecieron mucho más agradables.

Nos quedamos un momento en silencio. Yo estaba nerviosa: temía que Steve lo aprovechara para despedirse, y no quería desperdiciar aquella oportunidad de estar a solas con él. Así que le dije lo primero que se me ocurrió:

—La verdad es que no sé por qué os ha sorprendido tanto que haya vida en Marte. Existiendo tantos mundos fuera de la Tierra, sería asombroso que no hubiera vida en ninguno.

—Lo que pasa es que casi habíamos perdido la esperanza de encontrarla en el sistema solar. Pero no constituiría una sopresa descubrir un planeta habitado, parecido a la Tierra, alrededor de otra estrella.

—Y, sin embargo, el número de astros del sistema solar es enorme.

—Cierto. Asciende a millares, entre planetas, satélites y asteroides. A millones si añadimos los cometas. Pero la mayoría de ellos son demasiado pequeños. Otros, como Júpiter y Saturno, son inmensos e inhóspitos. Mercurio y Venus, por ejemplo, están demasiado calientes. Algunos están demasiado fríos, demasiado lejos del Sol. No parece que pueda haber vida en ninnguno de ellos. Es decir, no lo parecía hasta que tú encontraste esas escamas blancas en Olympus Mons.

Steve se hallaba visiblemente animado y parecía estar venciendo su timidez. Mirándole de reojo, pensé que era extraño que muchos hombres fuertes, valientes y dispuestos a la acción inmediata tuvieran dificultades en el trato con los demás. ¿O quizá no era tan extraño? En todo caso, yo tenía que contribuir a resolver este problema tirándole de la lengua a Steve.

—¡Tantos mundos vacíos! —exclamé—. ¿No parece un desperdicio?

—Es curioso que digas eso —repuso Steve—. A veces se ha utilizado ese argumento contra la existencia de Dios. Pero también se ha empleado el contrario. Algunos de los que piensan que tiene que haber vida en millones de mundos argumentan así: «Los cristianos afirman que Dios se encarnó en la Tierra para salvar a sus habitantes. Pero

¿por qué en la Tierra precisamente? ¿Por qué no en algún otro lugar?».

—No lo entiendo. ¿Cómo es posible emplear una hipótesis y su contraria para demostrar lo mismo? Además, a mí me parece que esas demostraciones no tienen valor alguno.

—Tienes razón. Sólo convencen a quien ya está convencido.

—Pero ¿qué se piensa en la actualidad, que hay vida inteligente en muchos mundos o que sólo la hay en la Tierra?

—En realidad, no lo sabemos porque no podemos ir a los astros y comprobar lo que hay allí. Las opiniones varían continuamente. Alguien dijo, hace mucho tiempo, que el número de planetas de la galaxia habitados por seres inteligentes tiene que estar comprendido entre uno y diez mil millones. Lo cual es lo mismo que confesar que no sabemos nada.

—Por eso está todo el mundo tan entusiasmado con el descubrimiento.

—Claro. Y eso que sólo hemos hallado vida de un nivel muy bajo... Habría sido mucho más interesante encontrar seres inteligentes.

—Tal vez los haya también —dije pensativa.

Steve movió la cabeza con un gesto de incredulidad.

—No lo creo. El ambiente de Marte es demasiado hostil.

—¿Cómo serían los marcianos, si existieran? ¿Se parecerían a nosotros?

—¡Quién sabe! La forma humana es el resultado de miles de millones de años de evolución de la vida en la Tierra. Sería mucha casualidad que una evolución independiente en un mundo distinto hubiera terminado de la misma manera.

—¿Y cuáles podrían ser las diferencias? ¿Tendrían los marcianos seis piernas en lugar de dos, o cuatro ojos como las arañas?

—Los novelistas han imaginado a los marcianos de muchas maneras. Algunos los han descrito con aspecto de pulpos. Otros, como insectos. Es lógico que se fijen en algún animal que conocemos. Es muy difícil imaginar algo que nunca hemos visto. Pero yo, en tu lugar, no me preocuparía, porque no vamos a encontrar marcianos. Lo cual es un alivio, después de todo; porque, ¿qué haríamos con ellos, si existieran?

—No te entiendo. ¿Por qué tendríamos que hacer algo con ellos?

—Ya conoces los grandes proyectos que hay para el planeta Marte. Cambiar la atmósfera, por ejemplo. Si hubiera marcianos, estarían adaptados a la atmósfera actual. Es probable que el oxígeno fuera venenoso para ellos. Si acometiéramos nuestros proyectos, morirían todos.

—Entonces, si hubiera marcianos, tendríamos que abandonar esos proyectos.

—No resultaría nada fácil: la gente que hubiera invertido dinero en ellos presionaría para seguir adelante.

Me quedé horrorizada y, durante un rato, contemplé a Steve en silencio.

—¿Quieres decir que a esa gente no le importaría que muriera toda la población del planeta?

—Me temo que no. Naturalmente, yo no pienso así; pero ni mi opinión ni la tuya servirían de mucho. La gente que invierte dinero quiere salvar sus intereses a toda costa y suele ser muy influyente. Y no creas que son imaginaciones mías. Cosas muy parecidas han ocurrido ya en la Tierra. Recuerda que los pueblos primitivos que se enfrentaron con los intereses económicos de los países civilizados fueron destruidos y aniquilados.

—Entonces, me alegro de que no haya marcianos —contesté en voz muy baja.

Poco después, nos separábamos para volver a nuestras respectivas ocupaciones. Pero yo seguí pensando en esta conversación durante mucho tiempo.

Vista de la Tierra

—IRENE Pinedo, al habla desde el planeta Marte. Hoy me dirijo a ustedes desde el nuevo observatorio astronómico, que vamos a inaugurar dentro de unos instantes. Es la primera instalación construida por la Misión Ares-III y estamos muy orgullosos de ella. Adviertan que hablo en primera persona. Aunque yo no he participado en la construcción del observatorio, me siento identificada con todo lo que hacemos aquí. En cierto modo, está surgiendo entre nosotros el espíritu de grupo, la sensación de pertenencia a la colonia, una especie de camaradería que nos une por encima de las pequeñas discrepancias que inevitablemente surgen entre nosotros. No me extrañaría nada que cualquier día declarásemos la independencia. No teman, es una broma. Además, sin la ayuda de la Tierra no podríamos sobrevivir durante mucho tiempo.

»El observatorio está situado en la cima de una colina, a poco más de un kilómetro de las instalaciones principales de la misión. Como es natural, hemos reproducido aquí a pequeña escala el mismo ambiente artificial de que gozamos en la burbuja que nos sirve de alojamiento y lugar de trabajo. Pero esto es mucho más pequeño. Además de los instrumentos, apenas caben holgadamente cuatro o cinco personas.

»Hoy el observatorio está lleno hasta rebosar, aunque, en condiciones ordinarias, la mitad de los presentes no tendríamos por qué estar aquí. Además de la periodista que les habla, han venido Dimitri Tarkov, director de la colonia, y Steve MacDunn, jefe de la expedición durante el viaje. Los demás son los técnicos y astrónomos que manejan los instrumentos.

»O más bien debería decir el instrumento, porque sólo hay uno, pero es enorme. Lo trajimos cuidadosamente desde la Tierra en el *Aventura* para instalarlo aquí. Es uno de esos telescopios nuevos, de luz ultravioleta coherente, que proporcionan mucha más nitidez que los telescopios ordinarios. La simple visión de su tablero de mandos, lleno de luces parpadeantes, me produce una sensación de vértigo. Con este aparato vamos a hacer, sin duda, grandes descubrimientos.

»En honor de ustedes, que están presenciando este programa, el primer objeto de estudio de nuestro telescopio será la Tierra. Por primera vez en la historia, podrán verla desde el planeta Marte. Nosotros ya la hemos visto, poco después del anochecer, como un hermoso lucero de color azul verdoso, pero ahora la veremos mucho más grande.

»En este momento, Dimitri Tarkov se adelanta para apretar el botón que pondrá en marcha el aparato. En cuanto lo haga, ustedes dejarán de ver el interior del observatorio, pues la cámara de vídeo está conectada con el telescopio para que puedan ver las imágenes de la Tierra tan bien como nosotros.

»¡Ya está! Ese objeto azul con manchas blanquecinas es la Tierra. La imagen está un poco borrosa, pero los técnicos están retocando los controles, y dentro de unos momentos la veremos mejor. Por supuesto, no deben esperar una imagen tan espectacular como las que se obtienen desde los satélites próximos a la Tierra. En realidad, el telescopio no ha sido diseñado para esto: desde aquí nos interesa más ver otros muchos mundos, particularmente Júpiter y los asteroides. Pero hoy es un día especial.

»Ahora vemos una imagen perfectamente nítida, obtenida con la máxima ampliación del telescopio. Fíjense en esas dos líneas brillantes que se distinguen claramente a ambos lados de la Tierra. Supongo que ya se habrán dado cuenta de que se trata de dos de los satélites que concentran la energía solar y la proyectan sobre las estaciones receptoras de la superficie. Pronto tendremos satélites como ésos también en Marte.

»Si observan con cuidado, podrán apreciar la rotación de la Tierra y el movimiento de las nubes...»

DE REGRESO A LA BASE con Steve y Dimitri, pensé en lo que había dicho durante el programa de televisión. No todo era exactamente verdad. Había exagerado un poco el sentimiento de solidaridad y había trivializado los conflictos, porque esas cosas no pueden airearse en público.

Yo misma me había visto envuelta en esos conflictos, que amenazaban con empeorar en el futuro. Marcel Dufresne, por ejemplo, no había logrado avanzar en sus intentos de conquistarme, y era de temer que sus atenciones hacia mí se transformaran en hostilidad si yo seguía negándome a convertir nuestra relación en algo más que una simple camaradería, cosa que no estaba dispuesta a aceptar.

El caso de Pietro Fiorentino era más delicado. En realidad, no habíamos llegado a chocar abiertamente, quizá porque la edad y su innato sentido de la cortesía le obligaban a contener sus sentimientos. Pero para mí era evidente que me miraba con prevención, que sus celos profesionales le dominaban, que no había podido digerir que yo me llevara la fama de lo que él consideraba su descubrimiento.

Lo más triste de la situación era que yo estaba totalmente libre de culpa. No había hecho nada para robarle el favor del público. Desde el primer momento, desde que envié a la Tierra la noticia que tanto enfureció a Tarkov, hasta la última vez que toqué el tema, yo siempre mencioné a Pietro y destaqué su importante papel en la identificación de la vida marciana. ¿Era culpa mía que el público no quisiera escucharme? ¿Que, por el hecho de ser mujer, joven, atractiva y conocida, mi imagen y mi nombre tuvieran un efecto propagandístico mucho mayor que los de un bioquímico entrado en años, al que nadie en sus cabales podría llamar fotogénico?

Pero no era yo la única que había tenido roces e incluso choques directos con otros miembros de la colonia. La vida en común es muy difícil, tanto más cuanto mayores son el número de personas que deben convivir, la disparidad de sus orígenes y la estrechez del territorio disponible. Todas estas condiciones se cumplían en nuestra burbuja, que nos resultaba asfixiante porque había sido construida para una población dos veces menor.

En cuanto al origen de los colonos, no podía ser más variado: había representantes de casi todos los países de Europa y América del Norte y unos pocos de lugares exóticos.

Dos de los problemas más graves eran la falta de espacio y la dificultad de tener un poco de vida privada y de conseguir un rato de soledad. Las comidas comunitarias, los cuartos de baño colectivos, los dormitorios para cuatro personas, provistos de literas y reducidos al mínimo espacio, no permitían ninguna intimidad. Ni siquiera quedaba la alternativa de enfundarse un traje espacial y salir a dar un paseo por los alrededores de la burbuja, pues las reglas de la colonia prohibían salir solo. Es verdad que esa regla se había relajado más de una vez, pero era preciso tener una buena razón para ello, no bastaba con el capricho.

Un día fui testigo de una violenta disputa entre Nina Fedorovna e Inge Borland, dos de mis compañeras de habitación. Ya no recuerdo la causa que provocó el altercado. Cualquier estupidez, sin duda, algo nimio en condiciones normales, pero cuya importancia crecía exageradamente en la situación en que nos encontrábamos. Al principio las dejé que se insultaran y se desahogaran un poco, pero luego, al ver que el enfrentamiento amenazaba con pasar de las palabras a los hechos, traté de intervenir. Naturalmente, lo único que conseguí fue que las dos se aliaran en contra mía. Pero dejaron de pelearse, al menos hasta la próxima ocasión. Y éstas eran, por desgracia, cada vez más frecuentes.

Lo peor era que no había manera de escapar, ningún sitio a donde huir. La Tierra quedaba muy lejos. El coste de los viajes era tan grande que, desde la llegada del *Aventura,* ninguna otra nave había recorrido el camino que nos separaba de ella. Y existía otro motivo: el gobierno terrestre quería comprobar hasta qué punto éramos capaces de vivir sin ayuda, de arreglárnoslas nosotros mismos. Nuestra autosuficiencia en lo tocante a la satisfacción de las necesidades fundamentales, y cada uno de los descubrimientos y triunfos que consiguiéramos eran otros tantos argumentos que podían emplearse contra las personas que se oponían a los enormes gastos de la exploración del espacio.

¡La Tierra! Al verla por el telescopio durante la inauguración, apenas pude contener las lágrimas. Se apoderó de mí una nostalgia inmensa, un deseo irresistible de volver al planeta donde nací, donde vivían todas las personas que me importaban, con una sola excepción. Mis ojos, asfixiados por el extraño y constante color anaranjado del cielo de Marte, tenían ansia de bañarse en el azul.

Steve y Dimitri estaban muy callados. Me pregunté si también ellos sentían nostalgia; pero, como no podía verles la cara, no tenía forma de saberlo, a menos que se lo preguntara, cosa que no iba a hacer, pues temía que se me quebrara la voz. Al recordar ahora la imagen de la Tierra, volví a sentir la necesidad de dar rienda suelta al llanto, pero no podía permitírmelo. No era el momento oportuno. Nunca llegaría el momento oportuno, porque nunca estaría sola.

La primera expedición

VALLES Marineris (Valle del Mariner). *Gigantesca depresión del suelo de Marte, de unos cinco mil kilómetros de longitud, cien kilómetros de anchura y hasta siete de profundidad. Es una grieta que se ha producido como consecuencia de la progresiva separación de dos placas de la corteza marciana. Un fenómeno semejante dio lugar en la Tierra a la aparición del océano Atlántico. Si en Marte hubiera agua líquida en grandes cantidades, Valles Marineris sería un pequeño océano. Como el Atlántico, también Valles Marineris presenta una cordillera central que lo recorre en toda su longitud. Su nombre recuerda la cápsula espacial norteamericana Mariner 9, que lo descubrió en 1971* (Encyclopaedia Terrestris, 2.ª edición, disco óptico n.º 19, año 2036).

AQUEL DÍA ESTABA TRABAJANDO en la sección de cultivos hidropónicos cuando llegó Steve MacDunn a buscarme. Me sorprendió verle aparecer entre los gigantescos tanques en los que crecía toda clase de plantas en un ambiente donde todo estaba exactamente controlado: la cantidad de agua, la proporción de anhídrido carbónico, las concentraciones de distintos nutrientes... Las plantas crecían allí con las raíces hundidas en el agua, en condiciones óptimas, con la máxima limpieza, y podían dar tres o cuatro cosechas al año, sin dependencia alguna de las épocas o estaciones.

La mayor parte del trabajo se realizaba automáticamente, bajo la dirección de un conjunto de ordenadores diminutos. Cada uno de estos ordenadores estaba adaptado a las condiciones de una especie determinada y controlaba las válvulas de la red de tuberías que proporcionaba a los distintos tanques las sustancias necesarias para las plantas que se cultivaban en ellos.

Mi única tarea era comprobar que todo funcionara a la perfección y dar la alarma, en caso necesario, para que vinieran a resolver el problema los verdaderos expertos. Me habían confiado esta misión porque era muy sencilla. Yo la realizaba con mucho gusto. Me tomaba muy en serio mis deberes y estudiaba todo lo que podía sobre estos métodos de producción de alimentos. Poco a poco llegué a saber sobre cultivos hidropónicos tanto como el que más. Y tenía mis propias ideas, que a menudo chocaban con la resistencia de mis superiores, poco propensos a poner en peligro la alimentación de la colonia con experimentos que se salieran de los caminos trillados.

Me alegré de ver a Steve porque hacía algunos días que no habíamos coincidido a solas. Pero advertí que parecía preocupado. Por eso no le tuve en cuenta que fuera directamente al grano, sin acordarse de saludarme.

—Oye, Irene, tengo que pedirte un favor. Resulta que pienso ir mañana a Valles Marineris en un pequeño viaje de exploración, y ya sabes que las reglas de la colonia me prohíben salir solo. ¿Podrías acompañarme tú?

—¡Claro, Steve! —exclamé, muy contenta de que recurriera a mí—. ¿Cómo puedes dudarlo? Sabes que siempre estoy dispuesta a participar en esas cosas.

—Me alegro. He pensado en ti porque sueles estar menos ocupada que los demás.

Esas palabras me sentaron como una ducha helada y tardé cierto tiempo en recobrarme lo bastante como para poder hablar. Traté de ocultar mi decepción, pero evidentemente no pude, pues Steve advirtió mi reacción y se apresuró a añadir:

—Perdona, no quería decir eso... Por favor, no te enfades. Naturalmente, prefiero tu compañía a la de cualquier otra persona.

Era la primera vez que me decía algo amable, pero lo había estropeado con sus palabras anteriores. Sin embargo, me sentí un poco menos triste y logré forzar una sonrisa de aspecto natural. Steve me miraba angustiado, y yo pensé que debía decir algo, cambiar de tema, pero sólo se me ocurrió una pregunta idiota, cuya contestación conocía perfectamente:

—¿Qué es Valles Marineris?

La expresión de Steve se aclaró. En cuanto podía hablar de algo relacionado con su oficio se encontraba a sus anchas.

—Es una depresión enorme que se halla a unos dos mil kilómetros al suroeste de aquí. No he descendido nunca allí, pero es digno de verse. Un paisaje impresionante.

—¿No la sobrevolamos cuando fuimos a Olympus Mons?

—No, Olympus Mons está casi exactamente al oeste de aquí.

—¿Y qué tienes que hacer en Valles Marineris?

—Una pequeña investigación personal. Puesto que vienes conmigo, te lo contaré por el camino, pero no quiero divulgarlo todavía. Lo más probable es que sea una pista falsa. Gracias por acompañarme.

La cara de Steve se abrió en una amplia sonrisa. Al verla, los restos de mi enfado se disolvieron como un azucarillo en agua.

—No te arrepentirás. Llévate la cámara.

—De acuerdo. ¿Saldremos muy temprano?

—No, es mejor esperar hasta que el Sol esté alto. Valles Marineris es muy largo y se extiende de este a oeste. Cuando sale el Sol en un extremo, en el otro es todavía de noche, por lo que hay grandes desequilibrios de temperatura, que provocan vientos muy fuertes. Y aunque la densidad de los gases atmosféricos es pequeña, en esas profundidades es mayor; además, el viento arrastra mucho polvo. No debemos correr el riesgo de encontrarnos con esos vientos.

—En ese caso, vendré a trabajar como todos los días. Puedes recogerme aquí cuando estés listo.

—Así lo haré. Hasta mañana.

LA LANZADERA DESPEGÓ LENTAMENTE y, sin apenas estremecerse, fue aumentando su velocidad mientras se elevaba. Recordé que los vehículos que se empleaban pocos años antes eran muy ruidosos y lanzaban impresionantes chorros de fuego por sus toberas: funcionaban con hidrógeno y oxígeno líquidos, que desprenden gran cantidad de energía cuando se combinan entre sí. Todo eso era ya cosa del pasado. Ahora utilizábamos motores nucleares de fusión, y por las toberas no salían llamas, sino chorros de partículas, protones y electrones, a velocidades altísimas, que nos empujaban gracias a la ley de la acción y la reacción.

Mientras ascendíamos, contemplé a Steve a hurtadillas. Estaba plenamente concentrado en lo que hacía, atento a los instrumentos y a los controles, absolutamente incomprensibles para mí. Me asombró la sensación de fuerza que irradiaba, y no me turbó el pensamiento de que mi vida estaba en sus manos, aunque en el fondo sabía que ni los mejores astronautas están libres de accidentes.

Una vez alcanzada la altura de crucero, Steve me explicó la verdadera razón de su interés por aquella exploración, cosa que no había confiado a nadie, salvo a Dimitri Tarkov.

—No sé si sabes —dijo— que la primera expedición a Marte partió de la Tierra hace unos diez años, en el 2031, y fue un rotundo fracaso.

—Sí, ya lo sé —repuse—. ¿Se ha descubierto algo nuevo?

—Nada en absoluto. Ni siquiera sabemos si llegaron a desembarcar, porque el último mensaje que llegó a la Tierra lo emitieron estando todavía en órbita. Es todo muy extraño; parece como si hubieran desaparecido de pronto.

—¿Y no se ha podido averiguar nada en estos diez años?

—No ha habido ninguna oportunidad.

—Pero tú pasaste aquí un año con la segunda expedición. ¿No pudisteis investigar?

—Teníamos demasiadas cosas que hacer. Recuerda que hubo que empezar desde cero... Ahora es diferente.

Al llegar aquí hemos encontrado casi todo hecho y en condiciones de funcionamiento.

—¿Ni siquiera se sabe a qué parte de Marte llegó la primera expedición?

—Ni siquiera eso: no nos dijeron dónde pensaban desembarcar.

—Pero tuvieron que llegar por el lado que miraba a la Tierra en aquel momento, ¿no?

—No necesariamente. Tenían el mismo plan que nosotros: dejar la nave espacial en órbita y descender a la superficie. Pudieron hacerlo en cualquier punto, quizá cuando la nave se encontraba en el lado opuesto del planeta.

—Pues yo tengo la impresión de que ahora vamos en busca de esa primera expedición. ¿Acaso has descubierto algo?

—Muy inteligente. En efecto, me parece que he dado con una buena pista. Ya sabes que después del viaje a Olympus Mons se han hecho otras tres exploraciones.

—¡Claro! He participado en todas, salvo en una.

—Sí, ya recuerdo: no viniste la última vez, cuando fuimos al polo sur. Pues fue precisamente al volver de esa expedición cuando, al sobrevolar Valles Marineris, vi algo muy extraño, como un reflejo metálico. Me pareció artificial.

—Y claro, pensaste en seguida en la primera expedición.

—Ya puedes imaginarlo. Desde entonces no pienso en otra cosa. Me gustaría ser el autor de ese descubrimiento.

A pesar de todos los esfuerzos que hice por evitarlo, me puse muy seria de repente. Steve sonrió.

—No creas que que estoy celoso porque tú ya hayas

descubierto algo y yo no. Además, tu descubrimiento es mucho más importante que el mío. Naturalmente, me habría gustado estar en tu lugar, pero puedes creerme: preferiría mil veces encontrar los restos de la primera expedición y la causa de su fracaso. No sé cómo explicártelo. Quizá se debe a que soy astronauta y me molestan estos enigmas, que afectan a los miembros de mi profesión. Recuerda que todos los integrantes de la primera expedición eran astronautas como yo. Además pienso que es posible que estemos en peligro, porque lo que ha ocurrido una vez puede repetirse.

—¿Crees que fueron atacados por algo? ¿Por un monstruo o algo así?

Steve no pudo contener una carcajada.

—Me parece que has leído muchas novelas. No, no creo que los destruyera un monstruo. Lo más probable es que fueran víctimas de algún fenómeno natural, de un desprendimiento de tierras o algo parecido.

—Entonces, ¿por qué temes que estemos en peligro?

—Porque no conocemos Marte suficientemente. Es un planeta totalmente nuevo, y nadie sabe lo que ocurre en él. Es preciso averiguarlo, y cuanto antes mejor. Nos va en ello la vida.

—Tienes razón.

Durante toda la conversación, Steve había mantenido la atención fija en los controles de la cápsula. Ahora, de pronto, se interrumpió y señaló a través del visor en dirección al horizonte del sur.

—¡Mira, Irene! Allí está Valles Marineris.

Miré hacia el punto que me señalaba Steve y sentí que se me cortaba el aliento, a pesar de que la distancia empequeñecía las dimensiones. Yo ya había visto Valles Marineris desde el *Aventura*, cuando estábamos en órbita, pero entonces no me causó ninguna impresión. Desde tan lejos, apenas pude distinguirlo de las marcas que lo representaban en el mapa. Pero ahora, al verlo de cerca, me pareció muy diferente.

El suelo de Marte, que en aquella región era relativamente plano, descendía de pronto en un inmenso talud de más de dos kilómetros de profundidad, cortado casi a pico. Tras el talud se abría un inmenso valle hundido, cuyo extremo opuesto era aún invisible por debajo del horizonte. Aquella depresión, mil veces más grande que el Gran Cañón del Colorado, se extendía hasta perderse de vista. Y no había sido producida por un río. Parecía el lecho de un océano que se hubiera quedado en seco, pero era un océano que quizá no tuvo agua jamás.

Poco después, mientras la cápsula continuaba volando hacia el suroeste, apareció ante nuestros ojos, al otro lado de Valles Marineris, una larguísima cordillera.

—Supongo que esas montañas forman el extremo opuesto de Valles Marineris —dije—. Parecen mucho más escabrosas que las de este lado.

—Te equivocas —repuso Steve—. Ésa es la cordillera central. Valles Marineris continúa al otro lado y termina en un talud muy parecido al que acabamos de cruzar.

—Tenías razón. Es un paisaje impresionante.

—Sobre todo, visto desde arriba. Cuando descendamos no lo será tanto, porque sus bordes quedarán debajo del horizonte, y nos parecerá que estamos en una gran llanura, cerca de una cadena montañosa.

—¿Adónde vamos exactamente?

—Allí, junto a la cordillera —señaló Steve—. Ése es el lugar donde vi el brillo de que te he hablado. Como puedes imaginar, tomé grandes precauciones para señalar el sitio exacto. Aquí tengo sus coordenadas.

—Es un terreno muy accidentado. ¿Crees que podrás descender allí mismo?

—Procuraré hacerlo lo más cerca posible. ¡Mira! ¿Ves aquel llano? Parece muy adecuado. Descenderé allí y recorreremos el resto del camino a pie. Habrá poco más de un kilómetro.

Steve había juzgado correctamente la distancia, pero no las dificultades del camino, que era muy abrupto y difícil. Por eso tardamos más de media hora en llegar al lugar deseado. Pero de pronto, tras dar la vuelta a una roca, Steve se detuvo en seco y señaló hacia un punto que se encontraba delante de nosotros, a poco más de treinta metros de distancia. Era una lámina metálica curva, de unos tres metros cuadrados de superficie, hundida parcialmente en el suelo.

—¡Ahí está! —exclamó Steve, avanzando ansioso hacia ella.

Por alguna razón que no puedo explicar, tardé algunos segundos en seguirle.

—¿Qué es? —pregunté.

—No estoy seguro, pero creo que puede ser parte de una lanzadera espacial. Si lo es, tiene que pertenecer a la primera expedición. ¡Por fin los hemos encontrado! Ahora sabremos qué les pasó.

Mientras decía estas palabras, aceleró el paso. Pero de pronto, a menos de diez metros de la lámina, desapareció como si se lo hubiera tragado la tierra. Y eso era precisamente lo que había sucedido.

Un auxilio inesperado

—¡STEVE! —grité, corriendo hacia el lugar donde había desaparecido. Pero al llegar a dos pasos de distancia, me detuve y no me atreví a avanzar más, por miedo a caer en la misma trampa que él, pues era evidente que el suelo perdía firmeza.

—¡Arenas movedizas! —exclamé—. O algo peor. ¿Steve?

Su voz resonó de pronto en mis oídos, aunque apagada y llena de ruidos.

—¡Irene! ¡No te acerques! He caído en una depresión llena de polvo hasta el borde.

—¿Es muy profunda? ¿Te has hecho daño? ¿Puedes hacer algo para salir?

—No sé qué profundidad puede tener, pero no creo que pase de los cuatro o cinco metros. No, no me he hecho daño, porque el polvo ha amortiguado la caída. Pero apenas puedo moverme. No podré salir por mis propias fuerzas.

—¿Qué puedo hacer para ayudarte?

—Nada. Escucha: no se te ocurra intentar algo por tu cuenta, porque podrías caer en la depresión y entonces estaríamos perdidos los dos. Pon mucha atención y haz exactamente lo que te voy a decir.

Me estremecí y estuve a punto de desmayarme. Pero hice un gran esfuerzo y me dominé.

—Dime. Haré lo que sea necesario.

—El oxígeno me durará aproximadamente cuatro horas. Eso significa que tienes que conseguir ayuda dentro de ese plazo. ¿Qué hora es? Estoy en completa oscuridad y enterrado en el polvo, y no puedo ver el reloj.

—Son las catorce y veintidós —respondí al cabo de un rato. Me costaba trabajo enfocar la vista.

—Entonces tienes menos tiempo aún. Dentro de dos horas y media, el extremo oriental de Valles Marineris estará envuelto en sombras, y se desencadenará un viento huracanado. Tienes que estar en la lanzadera antes de que ocurra eso. ¿Sabrás llegar?

Una profunda angustia se apoderó de mí. Sabía que la lanzadera estaba a poco más de un kilómetro. Pero, a la ida, no me había fijado en el camino, pues esperaba desandarlo con Steve. Miré a mi alrededor, buscando ansiosamente alguna señal de la lanzadera, pero sólo vi un complicado amontonamiento de rocas, y supe que no podría retroceder más de cien pasos sin perderme. Sin embargo, debía intentarlo. Quedarme allí era la muerte segura. Si me ponía en movimiento, tenía una ligera posibilidad.

—Sí, Steve, no te preocupes. Llegaré —dije, aparentando una seguridad que no sentía—. Pero ¿cómo puedo avisar a la base? No sé manejar los instrumentos.

—¿Sabes cómo se entra en la lanzadera?

—Sí, eso sí. Lo he visto hacer varias veces.

—En cuanto estés dentro, te sientas delante del tablero de instrumentos. Abajo, en la parte izquierda, verás un botón de color rojo que dice «ALARM». Púlsalo inmediatamente. Ese botón está conectado con los circuitos de alarma de la base. Además, pondrá automáticamente en funcionamiento el enlace por radio. No tardará en contestarte alguien. Explícale lo que pasa. Que envíen en el acto la otra lanzadera con las herramientas necesarias para sacarme de aquí. ¿Has entendido bien?

—Sí, he comprendido. Me voy ahora mismo.

—¡Espera un momento! En cuanto te alejes unos pocos pasos, ya no podremos comunicarnos.

—¿Por qué?

—Porque las ondas de radio no pueden atravesar la tierra sólida. Antes de salir, tienes que marcar el sitio exacto donde yo he caído, para que podáis encontrarme con facilidad. Busca alguna piedra de color o forma diferente.

Me apresuré a obedecer, aunque tenía la sensación de que la marca que estaba colocando sólo serviría para señalar la tumba de Steve.

—Ya está. ¿Qué más tengo que hacer?

—Nada más. Ve inmediatamente a la lanzadera. No te demores, por favor. Procura salvarte y salvarme.

—Haré lo que pueda. Adiós, Steve.

—Adiós, Irene.

Una hora más tarde, mis peores temores se habían cumplido. No había podido hallar la lanzadera. No tenía la menor idea de dónde se encontraba. Tampoco habría sido capaz de regresar junto a Steve, aunque hubiera querido y hubiera servido de algo. Desesperada, miré el reloj: las quince y veintiocho. Apenas me quedaba hora y media para ponerme a salvo y para salvar a Steve. Todo dependía de mí, y yo estaba fallando miserablemente.

Miré a la cordillera central, cuyos picos más próximos se elevaban muy cerca, cortando la mayor parte del horizonte. Traté de recordar cómo se veían las montañas desde la lanzadera, pero en vano. No me había fijado. Por fin decidí seguir adelante, agotar todas las posibilidades, y avancé al azar, aunque temía alejarme cada vez más de mi objetivo.

De pronto se abrió ante mí una pequeña llanura, casi desprovista de rocas. Mi corazón se aceleró: así era el lugar donde Steve había posado la lanzadera. Sin embargo, una rápida ojeada me hundió de nuevo en la desesperación: la lanzadera no se veía por ninguna parte. Agotada, me dejé caer al suelo y traté de taparme la cara con las manos, pero ni siquiera pude conseguir este pequeño alivio: me lo impedía el traje espacial.

No me preocupaba demasiado mi propia suerte. Al fin y al cabo, todos tenemos que morir algún día. Creo que, si hubiese estado sola, me lo habría tomado con mucha más calma. Pero me resultaba insoportable la idea de que también Steve muriese. Tuve la sensación de que el mundo se hundía a mi alrededor. Creo que fue Antoine de Saint-Exupéry quien escribió que, en peligro de muerte, sólo nos preocupan los demás, que son ellos y no nosotros los verdaderos náufragos. Tiene toda la razón.

Por último levanté los ojos al cielo y sentí un escalofrío al ver aquel color anaranjado, tan distinto del azul terrestre. «Es triste morir tan lejos de mi hogar», pensé. «Aunque, en realidad, el hogar es el lugar donde somos felices, y yo he sido feliz en Marte, a pesar de sus cielos de raros colores y de su ambiente hostil».

Mi mirada descendió lentamente y se posó en la ladera más próxima. Estaba, como todo el planeta, totalmente desnuda de vegetación, pero su color rojizo me recordó unos terrenos arcillosos que había visto en la Tierra, y me resultó algo más familiar. Mi mente se aferró a aquella pendiente como a un rostro conocido encontrado en medio de una multitud extraña. Casi sin darme cuenta, mis labios pronunciaron en voz alta las palabras del salmo:

—Alzaré los ojos a las montañas. ¿De donde vendrá mi auxilio?

Y entonces sucedió. Justo en el punto donde mis ojos miraban sin ver, en el mismo centro de la ladera, algo muy grande comenzó a moverse. Sobresaltada, me puse en pie y traté de ver qué era. Pronto no me cupo la menor duda: era un desprendimiento. Una roca enorme caía con violencia hacia el pequeño llano donde yo me encontraba. Pero su avance tenía aspecto fantasmal: le faltaba alguna cualidad esencial. Después de pensarlo, me di cuenta de lo que era: la roca avanzaba hacia mí con una aceleración muy baja y sin hacer ruido alguno. La atmósfera de Marte era demasiado tenue para transmitir los sonidos. Sólo un ligero temblor del suelo, bajo mis pies, me indicaba que, a pesar de la menor gravedad del planeta, aquella roca era perfectamente capaz de aplastar a cualquier ser humano que encontrara en su camino.

Me sentía incapaz de moverme. Sabía que debía huir, alejarme del peligro. Pero dentro de mí había algo que parecía gritarme: «¡No te muevas! Quédate donde estás». Fue tan intensa la sensación de que me estaban hablando, que cedí a la inútil tentación de mirar para ver si había alguien detrás de mí.

La piedra se acercaba, crecía desmesuradamente. Había llegado ya al punto más bajo de su recorrido, pero seguía avanzando, gracias al impulso adquirido, con la velocidad de un tren expreso. Entonces me di cuenta de que mi muerte no era inminente, pues aquella piedra no iba a alcanzarme. De hecho, pasó a veinte metros de mí y siguió rodando por la llanura, hasta detenerse mucho más lejos, junto a una roca enorme y retorcida en la que apenas me había fijado. Cuando dejó de moverse, creí despertar de un encantamiento y miré a mi alrededor.

La montaña estaba exactamente como siempre había estado. El desprendimiento no había dejado ninguna huella en su ladera. Tampoco el llano había cambiado, excepto por la presencia de un nuevo pedrusco. Y entonces experimenté otra vez la sensación de que alguien me hablaba: me pareció oír que una voz me decía una sola palabra: «¡Síguela!».

No puedo explicar lo que sentí en aquellos momentos, porque mi mente estaba muy confusa. En el estado de desesperación en que me encontraba, estaba dispuesta a agarrarme a un clavo ardiendo para encontrar una salida a la situación. Por eso, sin detenerme a pensar, obedecí inmediatamente el impulso y comencé a andar hacia la roca, de la que me separaban unos doscientos pasos.

Llegué hasta ella y me paré vacilante, como si esperara una nueva orden, que no me llegó. Luego decidí seguir adelante, contorneé la roca y vi, justo al otro lado y oculta hasta entonces por su mole, la lanzadera que buscaba.

Me costó un momento darme cuenta de lo que veía, salir del ensimismamiento en que me habían dejado las últimas experiencias que había vivido. Por fin, dando un suspiro de alivio, corrí hacia la entrada y forcejeé con los controles. Pero estaba muy nerviosa y no acertaba a abrir la lanzadera. Finalmente me obligué a mí misma a detenerme, aguardé unos instantes para serenarme y frenar un poco los latidos de mi acelerado corazón. Algo más calmada, volví a intentarlo. Y esta vez tuve éxito. Dos minutos más tarde, estaba sentada ante el tablero de mandos y apretaba el botón de alarma.

Todo ocurrió como Steve había previsto. Una señal de radar generada por el circuito de socorro de la cápsula partió hacia los cielos y buscó en todas las direcciones hasta localizar el *Aventura,* que afortunadamente se encontraba en el mismo lado del planeta. Una vez hallado, una señal de radio más potente partió en la misma dirección y activó la alarma de la astronave, que a su vez disparó un emisor enfocado directamente hacia la base. Siete segundos después de que yo apretara el botón, el ulular de una sirena avisaba a todos los integrantes de la colonia de la situación desesperada en que se encontraba uno de sus miembros.

Lo demás fue ya pura rutina. El propio Tarkov salió inmediatamente hacia Valles Marineris en compañía de otro astronauta, que conducía la segunda lanzadera, y de dos técnicos que habían recibido un entrenamiento especial en labores de rescate. Una hora más tarde, el aparato se posaba al lado de su hermano gemelo. El reflejo metálico que Steve había descubierto les ayudó a orientarse, y la señal que yo había colocado evitó que perdieran tiempo buscando su posición exacta. El rescate propiamente dicho apenas duró diez minutos. En cosa de media hora, estábamos todos de vuelta en las lanzaderas y emprendíamos el regreso a la base, mientras a nuestro alrededor se desencadenaba el huracán, y el polvo rojizo nos rodeaba por todas partes y reducía la visibilidad casi a cero.

—Gracias, Irene —dijo Steve en cuanto tuvo ocasión de hablar a solas conmigo, mientras regresábamos a la base—. Te has portado maravillosamente.

—Pues yo tengo la sensación de que no he hecho absolutamente nada. En realidad, estaba completamente perdida y a punto de abandonar toda esperanza cuando el desprendimiento de una roca y unas voces extrañas me han ayudado a descubrir la lanzadera.

Steve me escuchó perplejo.

—¿Un desprendimiento? ¿Voces? ¿De qué me hablas?

Entonces le conté todo lo que había sucedido desde que me separé de él, y terminé diciendo:

—No sé si ha sido un milagro o me ha ayudado alguien de carne y hueso, pero estoy convencida de que yo no he hecho otra cosa que dejarme guiar.

Steve movió la cabeza, incrédulo.

—Los impulsos de que hablas, y que tú has interpretado como voces, han salido seguramente de ti misma. Probablemente, tu subconsciente ha reconocido el lugar y te ha proporcionado las indicaciones que necesitabas.

—¿Y el desprendimiento?

—Pura casualidad.

Entonces fui yo quien negué con un movimiento de cabeza y rechacé las explicaciones de mi compañero.

—Yo siempre creeré que alguien me ha ayudado.

—No te lo voy a discutir —repuso Steve.

Y ahí terminó la conversación. Pero los dos nos acordaríamos de ella poco tiempo después.

El experimento

POR fin se ha averiguado lo que le ocurrió a la primera expedición a Marte. Al parecer, quisieron desembarcar en el fondo de Valles Marineris y tuvieron la mala suerte de intentarlo sobre las mismas arenas movedizas donde cayó Steve. Antes de que pudiesen abandonar la nave, ésta se sumergió en el polvo.

Mientras se hundía, la lanzadera chocó contra una roca afilada, que perforó la pared. El aire se escapó rápidamente, y los astronautas murieron asfixiados. ¡Qué triste fin para un esfuerzo tan grande! Pero, al menos, ahora sabemos que todo fue un accidente.

HABÍAN PASADO UNOS DOS MESES desde la expedición a Valles Marineris cuando, cansada de luchar infructuosamente con mis superiores del departamento de cultivos hidropónicos, decidí ascender un grado en la escala jerárquica y proponerle a Dimitri Tarkov la realización de algunos experimentos que había estado meditando. Pero deseaba hablar con él a solas, para evitar interferencias. Por eso me dirigí a su despacho sin decírselo a nadie, y le pedí audiencia.

Dimitri me miró un momento sin poder ocultar su fastidio: mi llegada le había hecho interrumpir la lectura de un documento importante que acababa de recibir de la Tierra a través de la radio. Pues aunque las conversaciones entre los dos planetas eran prácticamente imposibles por el inevitable lapso de varios minutos entre una pregunta y la respuesta correspondiente, el correo electrónico funcionaba a la perfección.

—Siéntate, Irene —dijo Tarkov, señalándome una silla.

—Verás, Dimitri —repuse, sin perder el tiempo en preliminares—: he venido a pedirte permiso para llevar a cabo un experimento.

—¿Un experimento? ¿De qué clase?

—Como sabes, además de mi labor periodística, me dedico a la agricultura. Estoy encargada de revisar el buen funcionamiento de los cultivos hidropónicos. Pero mis dos actividades me dejan algo de tiempo libre, y se me ha ocurrido una manera de aprovecharlo.

—Tú dirás.

—Me gustaría iniciar un proyecto de investigación.

—¿Un proyecto de investigación? —repitió Tarkov, intrigado—. ¿De qué se trata?

—Mira, eso de los cultivos hidropónicos está muy bien, pero yo creo que sería estupendo poder desarrollar en Marte una agricultura a la antigua. Ya sabes lo que quiero decir: sembrar las plantas en la tierra y dejarlas que maduren bajo los rayos del sol, en lugar de tenerlas en ambientes controlados, sostenidas artificialmente y con las raíces hundidas en el agua.

—Es cierto, sería muy interesante... si pudiéramos conseguirlo. Pero desgraciadamente no podemos.

—¿Por qué estás tan seguro?

—Porque ya se ha intentado. Durante la segunda expedición se hicieron algunos ensayos en esa dirección. Y nosotros también hemos hecho algo. Pero todo ha sido inútil. Las semillas no germinan en este ambiente tan difícil. Recuerda que ni siquiera tienen oxígeno para respirar.

—Ya sé que se ha intentado, pero yo creo que no se ha hecho bien.

—¿Qué quieres decir?

Tardé un poco en contestar. Estaba buscando furiosamente las palabras adecuadas.

—No creas que me considero más lista que los que han tratado de conseguirlo antes que yo —dije al fin—. No es eso. Lo que pasa es que yo veo las cosas desde fuera, y se me ocurren soluciones muy elementales que quizá los expertos no ven. Te aseguro que he pensado mucho en el problema. Me gustaría ensayar un experimento que se me ha ocurrido.

—Explícate.

—Verás. Yo creo que lo fundamental no es la falta de oxígeno. Me parece que las plantas verdes podrían vivir sin él, siempre que recibieran luz y agua en abundancia. Ya sé que al principio, durante la germinación, son más delicadas. Pero eso se podría resolver fácilmente haciendo que germinaran aquí, en los cultivos hidropónicos, y trasplantándolas después, cuando ya tuvieran las primeras hojas.

—De acuerdo. Pero también eso se ha hecho, y ha fracasado.

—Porque las plantas no recibían bastante agua.

—¡Las regaban todos los días!

—No es suficiente. ¿No te das cuenta? Esta parte de Marte es una meseta quemada. Sólo hay agua a grandes profundidades. Regar no sirve de nada, porque todo el líquido se evapora inmediatamente o se hunde hasta mucho más allá de las raíces. Habría que estar echándoles agua a las plantas constantemente, y eso sería demasiado caro.

—Claro. El agua es muy escasa. Y ¿qué piensas hacer tú?

—Sabes tan bien como yo que en las zonas más bajas el agua está a menos profundidad. A veces basta escarbar en el suelo para encontrar tierra húmeda. Quizá haya la suficiente para que las plantas puedan vivir.

Tarkov me miró en silencio unos instantes.

—Como comprenderás, no podemos dedicar a tu proyecto una de las lanzaderas ni comprometer a otros miembros del personal. Y me temo que eso es lo que habría que hacer si quisiéramos montar un laboratorio de experimentación agrícola al aire libre en Valles Marineris o en cualquier otra de las regiones más bajas del planeta.

—Es que no es eso lo que yo me propongo —repliqué, ansiosa—. A menos de tres kilómetros de aquí hay una hondonada que tiene como mínimo sesenta o setenta metros de profundidad. Y es ahí donde me gustaría intentarlo. Como está tan cerca, podría ir yo sola a pie todos los días. Sólo necesitaría un traje espacial.

—¿Crees que encontrarás agua a esa profundidad?

—No lo sé. Pero tal vez la haya.

—¿Y la luz? ¿Tendrían las plantas suficiente luz en el fondo de esa hondonada?

—Sí, de sobra. Es muy extensa.

—Pero tendría que acompañarte alguien. Ya conoces las reglas. Nadie puede salir solo.

—En este caso se podría hacer una excepción. Son poco más de dos kilómetros, y la radio del traje alcanza a esa distancia.

—Sí, es verdad.

—Estaría tan cerca que cualquiera podría venir en mi auxilio en un abrir y cerrar de ojos. Además, ¿qué me puede pasar? Es una zona que conocemos muy bien. El camino entre la base y la hondonada no presenta ninguna dificultad. No me puedo perder. Y siempre iría por la mañana y estaría de regreso mucho antes de que se hiciera de noche.

—¿Y si se desencadena una tormenta de polvo?

—Ya sabes que no es la época. Y en caso de que ocurriera, la estación meteorológica nos avisaría con mucha anticipación. Te lo aseguro, Dimitri, no correré ningún peligro. ¡Sería tan importante que el experimento diera resultado!

Tarkov meditó, mordiéndose el labio inferior.

—Está visto que le has cogido gusto a la fama. Quieres continuar haciendo descubrimientos sensacionales, ¿verdad?

No pude evitar dirigirle una mirada de desprecio.

—No lo hago por la fama, Dimitri, sino porque me gustaría que algunas zonas de Marte se poblaran de vegetación. Reconocerás que sería estupendo, al menos desde el punto de vista estético. Este planeta es demasiado rojo y pelado.

—No lo dudo. Pero antes de autorizarte, quiero saber qué piensan los expertos.

—Eso es lo mismo que decirme que no puedo hacerlo.

Ya te he dicho que ellos no ven las cosas desde mi punto de vista.

—¿Quieres decir que se oponen a que lleves a cabo ese experimento?

—Tanto como oponerse, no. Pero no tienen ningún interés por él.

—Algún motivo tendrán...

—Ninguno. Simplemente no creen que pueda dar resultado. Pero no perdemos nada probando.

—Excepto tiempo y material.

—Te he demostrado que puedo hacerlo sola, y te aseguro que el tiempo que dedique al experimento no afectará a mis restantes deberes. Y no necesito material de ninguna clase, salvo un par de esquejes y unas bolsas de plástico.

De nuevo se hizo el silencio, esta vez más prolongado. Finalmente, Tarkov movió la cabeza en señal de asentimiento, sonrió y dijo:

—¡En fin! ¡Sea como tú quieres!

—¿Quieres decir que puedo intentarlo?

—Has entendido bien. Me has convencido. Puedes empezar cuando gustes.

—¿Mañana?

—Mañana mismo, si tienes tanta prisa —rió Tarkov, divertido por mi impaciencia.

A LA MAÑANA SIGUIENTE envolví algunos brotes en una bolsa de plástico transparente que los protegería durante el viaje y que, después de plantarlos, serviría para formar a su alrededor un minúsculo invernadero que dejara pasar la luz y creara en el interior un microclima de temperatura, humedad y concentración de oxígeno más alta que la del ambiente exterior. Después de preparar todo cuidadosamente, cargué con ello y me dirigí hacia la salida de la burbuja. Por el camino me crucé con Marcel Dufresne, que al verme se detuvo y me dijo en tono algo zumbón:

—Hola, Irene, ¿vas a iniciar ese experimento tan sensacional?

Marcel no había logrado recobrarse de la frialdad con que yo recibí sus alabanzas por el descubrimiento de la existencia de vida en Marte. Desde entonces, ya no me resultaba tan empalagoso: procuraba evitarme y, si alguna vez coincidíamos, solía dirigirme alguna frase punzante, con la evidente intención de molestar. Para estropearle el plan y demostrarle que sus pullas no me afectaban, yo le seguía la corriente, y en esta ocasión hice lo mismo.

—¡Claro, Marcel! ¡Ya verás qué sorpresa cuando vuelva! Seguro que todo Marte se habrá vuelto verde.

Poco después, junto a la escotilla de salida, me vestí uno de los trajes, en cuyo manejo era ya casi experta, apreté los controles necesarios y salí al exterior.

Hacía un día espléndido. El cielo, de un color anaranjado mucho más claro que de costumbre, tenía menos polvo que de ordinario. La visibilidad era de varios kilómetros. Al pasar, miré el termómetro que había junto a la entrada: marcaba veinticinco grados bajo cero. Una temperatura fenomenal para Marte. El verano estaba en todo su esplendor.

«Es curioso», pensé. «En la Tierra, ahora es invierno. Bueno, eso tampoco es verdad. Sólo es invierno en el hemisferio norte. Aquí estamos también en el hemisferio norte, pero ahora es verano. ¡Y qué verano más largo! ¡Casi seis meses! Nunca me acostumbraré a estas estaciones dobles y a estos años de seiscientos sesenta y ocho días. ¡Y menos mal que los días duran veinticuatro horas! Bueno, un poco más: veinticuatro horas y treinta y siete minutos».

Durante mi conversación con Tarkov había dicho la verdad: el camino hacia la hondonada no era difícil, en comparación con otras regiones de Marte. Pero Chryse Planitia dista mucho de ser una meseta plana en la que se pueda ir en línea recta de un punto a otro. El suelo está salpicado de rocas. La mayoría de ellas son pequeñas, pero molestan bastante bajo los pies y obligan al caminante a cambiar constantemente de dirección para evitarlas. De vez en cuando se ve alguna más grande, de dos o tres metros de diámetro, que destaca como un gigante entre sus compañeras, mucho más abundantes. La superficie de la hondonada, desigual y corroída, da mudo testimonio de la tremenda erosión producida por el viento.

Pero la mayor dificultad era la arena que cubre el suelo por todas partes y a menudo se amontona lo suficiente como para hacer casi imposible la marcha. Había dunas por doquier, y yo prefería contornearlas a cruzarlas, pues no me atrevía a pasar por encima por miedo a que su consistencia no pudiera soportar mi peso. El accidente que había sufrido Steve durante el viaje a Valles Marineris era una buena lección, que yo no pensaba echar en saco roto.

A lo lejos, hacia el suroeste, y en ángulo recto con la dirección que seguía, vi alzarse un hilo de polvo, empujado por un remolino. En otra época, ese «diablo del polvo», como le llaman los meteorólogos, habría podido indicar la proximidad de una gran tormenta, pero ahora no era probable.

Levanté la mirada. En el cielo, en la mitad de su camino ascendente, se veía brillar un creciente luminoso. Era Fobos, la más grande y la más próxima de las lunas de Marte. La otra, Deimos, no era visible en ese momento. Fobos es una luna muy peculiar: sale por el oeste y se pone por el este, corre por el cielo a gran velocidad, como si tuviera miedo de llegar tarde a una cita, da cada día dos vueltas largas a Marte y, por si fuera poco, pasa por el ciclo completo de las fases tres veces al día. Comparado con la luna terrestre, Fobos es muy pequeño y da muy poca luz, aunque en ese cielo sólo el Sol puede superarlo. Y Deimos, cuando está a la vista, es aún menos satisfactorio: parece simplemente una estrella gruesa.

Mirando a Fobos, moví la cabeza con tristeza. Era otra de las cosas de Marte a las que me costaba trabajo acostumbrarme. Yo echaba mucho de menos la Luna. Me pregunté si los poetas marcianos podrían sacarle a Fobos el mismo partido que sus colegas terrestres a nuestro satélite. ¿Y los enamorados? «Tal vez en el futuro», pensé, «cuando seamos capaces de cambiar el ambiente de Marte. Pero, por el momento, un paseo nocturno a la luz de Fobos no puede ser muy romántico. El traje espacial es poco idóneo para eso».

¡Allí estaba al fin la hondonada! Bajé la pendiente con grandes precauciones: como me había costado tanto trabajo convencer a Dimitri de que me dejara ir sola, no quería tener el más mínimo accidente. Poco después me encontraba en el punto más bajo de la depresión y dejaba en el suelo los esquejes que había llevado: esquejes pertenecientes a especies terrestres muy resistentes al frío y a la sequía. Antes de plantarlos tenía que comprobar mi teoría sobre la posible existencia de agua a poca profundidad. Para hacerlo, me incliné y hundí la mano en la tierra blanda. Y de pronto me quedé rígida y sentí que una intensa palidez se extendía poco a poco por mi rostro.

El mensaje

CUANDO entré en el despacho de Dimitri Tarkov, apenas veinticuatro horas después de nuestra anterior entrevista, pude leer claramente en sus ojos lo que pensaba: «¿Otra vez? ¿Con qué nuevas ideas vendrá ahora?» Sin embargo, debió de notar algo en mi rostro, probablemente pálido y alterado, porque su expresión cambió casi en el acto. Sin duda, comprendió que sucedía algo importante y que aquella entrevista iba a ser muy diferente de la otra. A pesar de ello, sus primeras palabras fueron casi una repetición exacta de las que había empleado la víspera.

—Siéntate, Irene. Tú dirás.

Aunque había tenido tiempo para reponerme durante el camino de vuelta, me sentí de pronto sin fuerzas y me dejé caer en la silla como un saco de patatas. Me costaba trabajo hablar, y a pesar de todos mis esfuerzos no pude evitar que me temblara un poco la voz.

—Ha ocurrido algo muy grave, Dimitri —dije al fin.

—¿De qué se trata?

—He recibido un mensaje.

—¿Un mensaje? ¿De la Tierra?

Por un momento le miré sin comprender. Pero me estaba serenando rápidamente, me sentía más dueña de mí misma. Las cosas habían cambiado. Ya no estaba en medio de un desierto hostil, enfrentándome sola a una situación de consecuencias incalculables. Ahora me encontraba en un despacho idéntico a los de la Tierra, ante un hombre al que, si no podía llamar amigo mío, conocía lo bastante bien como para poder predecir algunas de sus reacciones. Al mismo tiempo, la confusión de mi mente iba cediendo. Comenzaba a tener las cosas claras y a tomar decisiones sobre mi conducta futura.

—No, no es un mensaje de la Tierra —respondí.

—Entonces, no comprendo. ¿De quién es ese mensaje?

—Es un poco difícil de explicar.

—Tómate todo el tiempo que quieras. Y, por favor, empieza por el principio.

Aproveché la oportunidad que me ofrecía para guardar silencio unos instantes y poner orden en mis ideas. Y pensé que, en efecto, Dimitri tenía razón: debía empezar lo más al principio que pudiera. Sólo así lograría hacerme entender.

—¿Recuerdas lo que hablamos ayer?

—Naturalmente. ¿Has plantado ya esos esquejes?

—¿Qué? ¿Los esquejes? No, no los he plantado. No sé qué he hecho con ellos. Supongo que estarán en la hondonada.

—Está bien. Cuéntalo como quieras.

—Esta mañana me he dirigido a la hondonada llevando los esquejes. Creo que los he dejado en el suelo. No lo recuerdo bien, pero no es eso lo que importa. Antes de plantarlos, me he inclinado para remover la tierra en busca de algo de humedad. Y entonces, justo en el momento en que mi mano ha entrado en contacto con el suelo, he oído una voz.

Tarkov casi derribó la silla al ponerse en pie de un salto.

—¿Otra vez con tus voces, Irene?

—¿Te has enterado de lo que pasó en Valles Marineris?

—Sí. Me lo ha contado todo Steve.

Al oírle, sentí una gran decepción: Steve no debería haberlo divulgado sin mi permiso. Luego pensé que yo tampoco se lo había prohibido expresamente, que quizá él se había considerado obligado a incluirlo en el informe que sin duda tuvo que presentar a su superior. Al darme cuenta de que estaba buscándole excusas, me reí interiormente de mí misma. Mis sentimientos estaban demasiado claros.

—Como es natural, tú no habrás creído una sola palabra.

—¿Por qué no? Sin duda tú oíste esas voces, o te pareció oírlas; pero salieron del interior de tu cerebro. No eres la primera persona a quien le ocurren esas cosas, especialmente en una situación de peligro.

—Yo también había comenzado a dudar, pues Steve opinaba como tú. Pero ahora estoy segura. Las voces son una realidad. No salen de mí misma, vienen de fuera.

—¡Espera un momento! Eso que has dicho tiene sentido. Me parece que ya he descubierto lo que pasa. ¡Alguien ha querido gastarte una broma! Sin duda has recibido un mensaje, pero te lo han enviado por radio, desde la base. Ahora mismo vamos a averiguar quién ha sido.

Uniendo la acción a la palabra, Dimitri Tarkov salió de su despacho y se dirigió a la sección de comunicaciones. Media hora después estaba de regreso. Yo le había aguardado con paciencia, sin moverme de donde estaba, y al verle no tuve la menor dificultad en interpretar la expresión de su rostro.

—No has descubierto nada, ¿verdad?

—No. Yo creía que había resuelto el enigma: alguien que hubiera oído contar la historia de tus voces te habría hablado por radio para tomarte el pelo. Pero parece que no ha sido así. Hemos repasado cuidadosamente todas las grabaciones. No hay nada. Y no es posible que lo hayan borrado. Tampoco se puede desconectar la grabación.

—Podrías haberte ahorrado el esfuerzo. Yo sabía perfectamente que no se trata de una broma.

—¡Lo que nos faltaba! —exclamó Tarkov, paseando por la sala como un león enjaulado—. ¡Una nueva Juana de Arco que oye voces celestiales!

Me puse en pie lentamente. Si Dimitri quería tomárselo de aquella manera, tendría que enfrentarse conmigo. Como primera medida para expresarle mi desaprobación, le retiré el tuteo.

—Señor Tarkov. Le ruego que no se confunda. No me compare con Juana de Arco, por favor. Yo no pretendo llegarle a la suela del zapato. Es cierto que he oído voces, pero no eran voces celestiales. Pertenecían a personas de carne y hueso.

Haciendo caso omiso de la forma deliberadamente cortés en que me había dirigido a él, Dimitri continuó en la misma línea, medio burlona, medio despreciativa:

—¡Ah, ya vamos avanzando! ¿Así que sabes de dónde vienen las voces? ¡Adelante! Dímelo.

—Lo comprenderá usted cuando le repita el mensaje que he recibido.

—¡Ah, sí, es verdad! Se me había olvidado. Has recibido un mensaje. ¿Puedo saber cuál es?

—El mensaje es éste:

«VOSOTROS TENÉIS LA INTENCIÓN DE CAMBIAR LA ATMÓSFE-

RA DE ESTE PLANETA, HACIÉNDOLA MÁS DENSA Y MÁS RICA EN OXÍGENO. EL PRIMER PASO SE DARÁ DENTRO DE UN AÑO Y CINCUENTA DÍAS. SI LO HACÉIS, NOSOTROS MORIREMOS. TODAVÍA ESTÁIS A TIEMPO DE MODIFICAR VUESTROS PLANES Y EVITAR UNA TRAGEDIA».

—¿Eso es todo? —preguntó Tarkov.

—Eso es todo —respondí, sentándome otra vez.

—¿Y qué piensas que significa?

—¿No es evidente? Es un mensaje de los marcianos. Se han enterado de que queremos alterar la composición de la atmósfera, y saben que eso los destruiría. Quieren que cambiemos nuestros planes.

—¡Vamos, Irene, no digas tonterías! ¡Marcianos, por favor! Todo el mundo sabe que no existen.

—Nadie ha podido demostrarlo. También se pensaba que no había vida en Marte, hasta que yo la descubrí. ¿Por qué no va a haber seres inteligentes?

—¿Y dónde están? Muy bien escondidos, sin duda, porque hasta ahora nadie ha podido verlos. ¿Por qué no se presentan? ¿Por qué sólo nos mandan mensajes a través de ti?

—No lo sé, pero así es.

—¡Ah, ya veo! Sin duda fueron también los marcianos los que te salvaron en Valles Marineris, ¿no es verdad? Entonces, no hubo milagro. ¡Qué pena! Parece que, después de todo, Dios no tuvo nada que ver en ello.

—Dios tiene que ver en todo lo que ocurre, y actúa a menudo a través de los hombres. ¿Por qué no iba a hacerlo a través de los marcianos?

—Es decir, que esos marcianos de que hablas mandaron la roca para señalarte el camino que debías seguir y, no contentos con eso, te hicieron oír su voz y te dieron instrucciones...

—Precisamente.

—¿Cómo estás tan segura?

—Porque me lo han dicho.

—¡Ah, de modo que ha habido otros mensajes!

—Sólo éste. Me he limitado a repetir la parte que le concierne a todo el mundo.

—¿Y cómo han podido trasladarse desde Valles Marineris hasta aquí? Deben de tener muy buenos vehículos. ¡Qué lástima que no los hayamos localizado! ¿O quizá no ha hecho falta que se trasladaran? ¿Acaso tienen medios de comunicación propios e indetectables?

—Señor Tarkov, me doy perfecta cuenta de que usted no cree en el mensaje ni en nada de lo que yo le digo, y se limita a tomar a broma mis palabras. Lo siento. No era ése el concepto que yo tenía de usted.

Por primera vez desde que yo le conocía, Tarkov perdió el dominio de sus nervios y levantó la voz exasperado.

—¡Basta ya! ¡No quiero oír ni una palabra más! Haga usted el favor de volver a su trabajo inmediatamente. Y no se le ocurra enviar a la Tierra otra de sus noticias sensacionales. Si lo hace, tomaré mis medidas y tendrá que atenerse a las consecuencias. Tengo contactos suficientes para conseguir que la despidan y que ninguna cadena de televisión del mundo quiera contratarla. ¡Ah, otra cosa! El experimento para el que le concedí permiso ayer queda cancelado. No volverá usted a salir sola de la base hasta nueva orden. ¿Qué está usted esperando?

No me moví de la silla. Sin dejarme amilanar por sus gritos, le dije, mirándole fijamente a los ojos:

—Entonces, ¿no piensa usted hacer nada?

—¿Te parece poco lo que acabo de decirte? —respondió el jefe de la misión, volviendo a tutearme y controlando a duras penas su ira.

—Me refiero al mensaje. ¿No va a transmitirlo usted a la Tierra?

—Sería el hazmerreír de todos. No. Desde mi punto de vista, no se ha recibido ningún mensaje. Todo eso es pura imaginación tuya.

—¿Qué tengo que hacer para convencerle?

—Preséntame una prueba incontrovertible de la existencia de los marcianos. Si la consigues, te creeré.

—Trataré de conseguirla —dije, poniéndome en pie y saliendo de la habitación.

—Y ASÍ ESTÁN LAS COSAS —terminé. Steve guardó silencio durante un buen rato.

—No me gusta nada la situación —dijo al fin—. Te has metido en un buen lío. Tarkov podría hacer buena su amenaza y acabar con tu carrera. Si te descuidas, podrían obligarte a volver a la Tierra e ingresarte en un sanatorio para enfermos mentales.

—¿Quieres decir que pueden creer que estoy loca?

—Exactamente.

—¿Y tú? ¿Qué piensas?

—No estoy seguro... —replicó, tratando de elegir bien las palabras. Pero, al ver la cara que ponía yo, se apresuró a añadir—: No me refiero a lo de que estés loca. Sé que no lo estás. Hablaba de la existencia de los marcianos.

—¿Y qué otra interpretación puede haber?

—No lo sé... No se me ocurre nada.

—¿Lo ves?

—Pero eso no quiere decir que no haya otras posibilidades. Compréndelo. Ponte en el lugar de Tarkov. ¿Te arriesgarías a quedar como una imbécil transmitiendo un mensaje así sin ninguna prueba de que sea auténtico?

—¡Vaya, gracias! Quieres decir que mi palabra no vale nada, ¿verdad? O que he podido inventarme todo, ¿no?

—No te enfades, Irene. Tú sabes muy bien que no he querido decir eso. Estaba tratando de explicarte la situación desde el punto de vista de Tarkov.

—¡De acuerdo! Supongamos que Tarkov se arriesga a quedar como un imbécil si transmite el mensaje. Pero también se arriesga a convertirse en un asesino si no lo transmite. ¡Muy bien! Me pongo en su lugar. Yo preferiría mil veces lo primero a lo segundo.

—No le juzgues con tanta dureza. Trata de comprenderle. Al fin y al cabo, él no ha oído voces, como tú. Sólo ha recibido el mensaje de segunda mano.

—Bueno, a fin de cuentas, tú te pones de su parte.

Steve negó enfáticamente con un movimiento de cabeza.

—Tú sabes muy bien que yo haría cualquier cosa por ti y que te defenderé hasta el final, cueste lo que cueste.

En cualquier otra circunstancia, estas palabras de Steve me habrían hecho estallar de gozo. Pero, después de lo ocurrido aquella mañana, había comprendido que existen cosas mucho más importantes que la felicidad personal.

—Entonces, ¿me ayudarás a buscar esa prueba?

—Te ayudaré. ¿Qué tengo que hacer?

—Convence a Tarkov de que me deje volver a la hondonada. Sólo así podré ponerme en comunicación con los marcianos.

—¿Por qué? ¿Acaso no pueden comunicarse contigo aquí?

—No lo sé, pero es posible que no. Sólo he oído esas voces en sitios muy concretos. En Valles Marineris, cuando estaba tendida en el suelo. Y en la hondonada sólo duraron mientras yo tenía la mano metida en el polvo. Cuando me levante dejé de oírlas. Es posible que sea necesario mantener algún tipo de contacto físico para que se establezca la comunicación.

—Pues me temo que va a resultar difícil conseguir que salgas de la base. Por lo que me has contado, Tarkov debe de estar muy enfadado.

—Si lo está, comete una injusticia. Yo no le he dado motivo.

—Supongo que no tendré más remedio que ir contigo, pues a ti no te va a dejar volver sola. ¿Qué le podría decir para que nos dé permiso? Porque, si le digo que quieres ponerte en comunicación con los marcianos, me echará inmediatamente con cajas destempladas.

—No lo sé. No se me ocurre nada.

Los dos meditamos en silencio unos instantes. De pronto, Steve exclamó:

—¡Ya lo tengo! Le diré que vamos a recoger esos esquejes, los que tú te dejaste olvidados. Creo que la excusa servirá.

—¿Y no se opondrá a que vaya yo a buscarlos? Eso puede hacerlo cualquiera.

—¿Quién va a ir? ¡Están todos tan ocupados...!

—Tú, por ejemplo. Al fin y al cabo, a mí me dejó ir sola.

—Sí, pero ahora está arrepentido de haberlo consentido. Durante las próximas semanas será mucho más estricto en la exigencia de cumplir el reglamento. No. Creo que aceptará que vayamos los dos.

—¿Cuándo se lo vas a preguntar?

—Ahora mismo. Espérame aquí, volveré enseguida.

Steve estuvo ausente poco más de diez minutos. Y, cuando volvió, su sonrisa me indicó antes que sus palabras que el intento había dado resultado.

—No ha puesto ninguna dificultad. Sólo ha insistido en que te acompañe yo. Y en otra cosa. ¿No te enfadarás si te lo digo?

—Te lo prometo.

—Quiere que te vigile para que no se te ocurra enviar la noticia a la Tierra. Después de lo de la otra vez, no se fía de ti.

No pude contener una sonrisa.

—No enviaré nada... por el momento. Sería prematuro. ¿Podemos irnos ya?

—No, será mejor aguardar a mañana por la mañana. Casi se ha puesto el Sol. Y no creo que tus amigos te esperen tan pronto.

Miré a Steve atentamente, preguntándome si hablaba en broma, pero no vi indicios de ello: sus ojos no traicionaban la menor señal de burla. «Me estoy volviendo demasiado susceptible», pensé.

—Está bien —dije—. Iremos mañana. No creo que pueda dormir, pero tienes razón. No serviría de nada tratar de apresurarse. Yo no tengo el control. Lo tienen ellos.

La prueba

POR tercera vez en otros tantos días, Dimitri Tarkov me vio entrar en su despacho, aunque en esta ocasión no acudía sola, sino que me acompañaba Steve MacDunn. El rostro del director se ensombreció. Evidentemente, estaba pensando rayos y centellas de mí, pero en voz alta se limitó a decir:

—Podéis sentaros. ¿Qué ocurre ahora?

Al hacer la pregunta, Tarkov miraba más bien a Steve que a mí. Sin embargo, fui yo quien contestó. Y me dirigí a él de forma más respetuosa que de costumbre.

—Señor director, ayer, más o menos a esta hora, me dijo usted que no podía admitir la existencia de vida inteligente en Marte, pero se mostró dispuesto a reconsiderar su postura si yo podía presentarle una prueba convincente.

Dejé de hablar durante unos momentos, esperando una palabra de aquiescencia, y el jefe de la colonia se creyó obligado a decir:

—Así es.

—Muy bien. Esta mañana, mi compañero y yo nos hemos dirigido a la hondonada de la que hemos hablado en más de una ocasión. Íbamos a recoger los esquejes que yo dejé olvidados allí por la confusión momentánea que me produjo la recepción del primer mensaje.

—Confusión que parece ser permanente —murmuró Tarkov, con voz perfectamente audible. Pero yo ignoré la interrupción y continué:

—Una vez en la hondonada, he colocado la mano en el mismo lugar donde la puse cuando recibí el mensaje.

Tarkov me interrumpió por segunda vez:

—¿Por qué?

—Porque quería comprobar si se establecía de nuevo la comunicación, naturalmente. ¿No habría hecho usted lo mismo si hubiera estado en mi lugar?

—Quizá —respondió sin comprometerse.

—La comunicación se ha establecido inmediatamente.

—¿Qué? —exclamó Tarkov, levantándose de un salto. Pero en seguida se dominó, volvió a sentarse y, más tranquilo, añadió—: ¿De modo que me traes un nuevo mensaje?

—Efectivamente —respondí con toda la serenidad que pude.

—¿De qué se trata esta vez? ¿De una amenaza? ¿Nos destruirán los marcianos si seguimos adelante con nuestros planes de colonización de Marte?

—Nada de eso. Por favor, ¿me deja que se lo cuente a mi manera?

—Adelante.

—Lo primero que he hecho ha sido tratar de explicarles la situación. Pero he descubierto que la conocían perfectamente.

—Son muy listos, ¿no?

—Sí señor, lo son —repuse, ignorando la evidente ironía de sus palabras—. A propósito, ¿ha comprobado usted si el dato que me dieron ayer era correcto? Dijeron que el proceso de modificación de la atmósfera marciana comenzará dentro de un año y cincuenta días. ¿Qué ocurrirá en esa fecha?

—No tengo la menor idea. Continúa.

—Bien. Como le he dicho, saben todo lo que ha sucedido y me han dado el segundo mensaje. Éste no es para la Tierra, sino para usted.

—¡Hombre! ¡Cuánto honor!

—El mensaje dice así:

«MAÑANA, CUANDO EL SOL SE ENCUENTRE EN EL PUNTO MÁS ALTO DE SU RECORRIDO, EXCAVA CON MUCHO CUIDADO EN ESTE LUGAR. ENCONTRARÁS LA PRUEBA QUE BUSCAS».

—¡Ah! ¡De modo que ahora quieren que me dedique a cavar tierra!

—No tiene que hacerlo usted personalmente, señor Tarkov. Puedo hacerlo yo, o Steve, o cualquier otra persona.

—¿Y qué se supone que encontraremos? ¿Algún artefacto misterioso fabricado por los marcianos? ¿O quizá una bomba que nos destruya a todos?

—No sé qué es lo que encontraremos, señor Tarkov. Ellos no me lo han dicho. Pero no creo que quieran hacernos daño. Supongo que será alguna prueba de su existencia.

—¡Oye! ¿Por qué hablas siempre de ellos en plural? ¿Cómo sabes que son varios?

—Porque he oído varias voces.

—¿Y puedes distinguirlas?

—¡Perfectamente! No se parecen nada unas a otras.

—¿Cuántas voces distintas has oído?

—Tres.

—Y esas voces no te han llegado a través de la radio, sino de algún modo desconocido, ¿no es verdad? Porque, en caso contrario, el mensaje de ayer habría quedado grabado en los registros de la base.

—¿Puedo decir algo? —preguntó Steve.

—Naturalmente.

—Puedo asegurar que el mensaje que ha recibido hoy Irene no le ha llegado a través de la radio, pues yo estaba a su lado sintonizando la misma frecuencia, y no he captado nada.

—Es una lástima que no se te haya ocurrido comprobar si tú también podías recibir el mensaje.

—Te equivocas, Dimitri. Se me ha ocurrido. Cuando Irene lo estaba recibiendo, se ha puesto rígida, y yo me he dado cuenta de lo que pasaba. Entonces he puesto mi mano junto a la suya, pero no he notado nada especial.

Tarkov me dirigió una mirada de triunfo.

—Eso es muy significativo, ¿no crees?

—Ya veo adónde quieres ir a parar —repuso Steve—. Pero no estoy de acuerdo. Es evidente que los marcianos, si existen, se relacionan con Irene actuando directamente sobre su cerebro. Si es así, también podrán excluirme a mí de sus comunicaciones.

—Ya veo que te pones de su parte —rezongó Tarkov.

—En realidad, aún no he tomado partido —respondió Steve—. Pero creo que merece la pena investigar el asunto. Si fuera verdad, sería el descubrimiento más sensacional de todos los tiempos. Mucho más que el hallazgo de vida en Marte.

Tarkov se volvió de pronto hacia mí.

—Irene, ¿quieres salir un momento, por favor? Desearía hablar a solas con Steve.

Me levanté vacilante, miré a Steve con gesto de súplica y salí del despacho sin decir una palabra. Pero me quedé esperando junto a la puerta. Lo que iban a discutir era demasiado importante, y no sólo para mí.

Estuvieron hablando cerca de una hora. Después, Steve salió solo y me contó lo que había sucedido.

En cuanto se cerró la puerta tras de mí, Tarkov le miró y dijo:

—¿Y bien?

—¿Y bien, qué?

—¿Qué opinas tú en realidad?

—No sé qué opinar. No tengo datos suficientes.

—¿Pero piensas que es posible que existan esos marcianos de que habla?

—Dimitri, en el cielo y en la tierra hay más cosas de las que conoce nuestra filosofía.

—¡No me vengas ahora con citas de Shakespeare!

—Es que esa cita expresa exactamente lo que quiero decir.

Tarkov murmuró algo que Steve no pudo entender. Luego preguntó con voz más alta y más clara.

—¿Qué harías tú en mi lugar?

—Investigar el asunto en secreto para ver si hay algo de verdad.

—¿Y qué diablos se puede investigar aquí? Lo único que tenemos son unas voces que, según has admitido tú mismo, Irene oye en el interior de su cerebro.

—Sí, pero esas voces dicen cosas. Y algunas se pueden comprobar. Por ejemplo, ¿qué pasará dentro de un año y cincuenta días?

—No creas que lo he olvidado. No me he tomado el asunto tan a la ligera como cree Irene. Ayer estuve calculando. Dentro de un año y cincuenta días no pasará nada especial, que yo sepa.

—¿Has hecho el cálculo en años y días marcianos o terrestres?

—Terrestres. ¡Es cierto! Espera un momento. Voy a hacerlo otra vez.

Tarkov buscó en un cajón, sacó un pedazo de papel y se puso a escribir furiosamente. Steve lo contempló en silencio desde el otro lado de la mesa, pensando: «¡Qué chovinistas somos los terrícolas! Como es natural, los marcianos calcularán el tiempo de acuerdo con los movimientos de Marte. Pero Dimitri ni siquiera lo había sospechado».

Al cabo de un rato, Tarkov subrayó una cifra, consultó unos papeles y lanzó una exclamación.

—¿Significa algo para ti esa fecha? —preguntó Steve, interesado.

El ruso se apresuró a guardar todos los papeles, incluido el que había utilizado para hacer los cálculos, y miró a Steve con gesto de recelo.

—¿Cómo ha podido Irene enterarse de esto? Era información confidencial. En la base no la conocía nadie más que yo.

—No sé de qué estás hablando.

Tarkov le miró fijamente a los ojos y, luego, comentó:

—En realidad, no tiene importancia. Puede ser una simple coincidencia.

—¡Otra casualidad! —repuso Steve. Tarkov no dijo nada.

—Hace un momento me preguntabas qué haría yo en tu lugar —continuó el astronauta—. Es muy fácil. El mensaje de hoy dice que, si excavamos en la hondonada mañana a mediodía, encontraremos una prueba. Busquémosla.

—No quiero que este asunto se extienda más por la base. Ya lo conoce demasiada gente.

—No tenemos por qué decírselo a nadie. Mañana podemos ir los tres a la hondonada. Los demás creerán que seguimos con el experimento agrícola.

—Está bien —dijo Tarkov, después de meditar unos instantes—. Haremos lo que dices. Pero si no encontramos nada, no quiero volver a oír hablar de esas voces.

ERAN LAS ONCE Y TREINTA MINUTOS del día siguiente, hora de la colonia Ares-III, cuando Dimitri Tarkov, Steve MacDunn y yo salíamos de la base, provistos de dos palas, con las que íbamos a excavar el suelo de Marte.

Mientras caminábamos hacia la hondonada, sonreí al percatarme de que mi experimento había dado un resultado totalmente inesperado, pero extraordinariamente regular. En efecto: la primera vez salí yo sola, la segunda me acompañó Steve y aquel día se sumaba Tarkov a la pequeña expedición. «Si la cosa continúa así», pensé, «mañana seremos cuatro, y dentro de dos meses vendrá conmigo todo el personal de la colonia». Pero me guardé mucho de decirlo en voz alta porque, aunque Steve habría reído la broma, estaba segura de que Tarkov se habría enfadado.

Eran casi las doce cuando pusimos pie en la hondonada. Al margen de las huellas que habíamos dejado Steve y yo, todo se encontraba exactamente igual que el primer día. Tampoco se hallaban ya allí los esquejes que yo olvidé plantar, pues Steve los había llevado otra vez a la base al día siguiente. En cuanto llegamos al punto exacto, Tarkov miró el reloj y dijo:

—Las doce menos dos minutos. Hemos llegado casi en el momento oportuno. ¿Podemos comenzar ya?

Steve no parecía tener demasiada prisa y estaba consultando un sextante que había llevado.

—¿A qué esperamos? —insistió Tarkov.

—A que el Sol llegue al punto más alto de su recorrido. Todavía falta un poco. Recuerda que el día marciano dura veinticuatro horas y treinta y siete minutos. Las doce del mediodía no son el punto medio.

—Supongo que un minuto más o menos no importará.

—Por si acaso, es mejor atenerse literalmente al mensaje. Así, si no hay nada, no nos quedará la duda de haberlo hecho mal. Por eso he traído el sextante.

—Como quieras —repuso Tarkov—. De todas formas, no creo que encontremos nada.

Le dirigí una mirada cargada de reproche y no dije nada.

Los minutos pasaron lentamente. Tarkov examinó con atención el terreno y se convenció de que nadie lo había manipulado en mucho tiempo. Así que tuvo que desechar sus sospechas de que yo había enterrado allí algún artefacto para engañarle. De vez en cuando me miraba de reojo, como si me estudiara, y yo procuraba disimular que me daba cuenta. En aquel momento me sentía inclinada a justificar su conducta hasta cierto punto. Como jefe de la colonia, estaba obligado a tener en cuenta todas las posibilidades, por muy improbables que le pareciesen. Ése era precisamente el motivo de que estuviera allí. Aquel día, yo no tenía derecho a acusarle de no prestar la debida atención a mis supuestos mensajes, que él consideraba producto de mi fantasía y a los que, evidentemente, seguía sin conceder el menor crédito. Mirando a mi alrededor, tuve que reconocer que el aspecto de la superficie marciana, yerma y desierta, no actuaba en mi favor y tendía a confirmar la incredulidad de Dimitri respecto a la existencia de vida inteligente en el planeta.

A las doce y quince, Steve levantó el sextante y midió la altura del Sol durante un buen rato. Por fin, entregó a Dimitri el instrumento, cogió una de las dos palas y dijo:

—Es el momento. ¡Adelante!

Yo estaba ya preparada con la otra, y los dos comenzamos a excavar, bajo la mirada vigilante de Tarkov. La tierra roja se levantaba con facilidad, y la excavación avanzaba bastante deprisa. A los diez minutos habíamos hecho un hoyo considerable. Y entonces, mi pala chocó de pronto contra un objeto duro. Steve se detuvo en el acto, y el ruso se inclinó para ver el obstáculo, mientras yo lo limpiaba cuidadosamente con la pala. Era una piedra plana.

—¡Bah! Ha sido una falsa alarma —exclamó Tarkov—. ¿No sería mejor dejarlo? Creo que ya es suficiente.

—Un momento —dijo Steve—. Voy a retirarla. Puede que lo que buscamos esté debajo.

La piedra pesaba bastante. Era gruesa, de forma casi cuadrangular y medía unos cuarenta centímetros de lado. Sin embargo, la gravedad de Marte hizo que a Steve no le resultara demasiado difícil levantarla. Durante un momento, su cuerpo y el obstáculo nos impidieron ver lo que había debajo. Pero cuando Steve dejó cuidadosamente la piedra a un lado, los rayos del Sol penetraron hasta el fondo de la excavación, iluminando lo que contenía.

—¡Dios mío! —exclamé sin poder contenerme—. ¿Qué es eso?

Un hallazgo sensacional

EL objeto que apareció ante nuestros ojos al retirar la piedra tenía forma aproximadamente cilíndrica, medía unos treinta y cinco centímetros de largo y veinte de diámetro, estaba cubierto de pelo áspero y se movía un poco por uno de sus extremos. No cabía la menor duda: se trataba de un ser vivo, pero mucho más avanzado que las escamas blancas que yo había encontrado en Olympus Mons. Si las escamas podían compararse con los líquenes terrestres, esto tenía, por lo menos, las características de un animal.

—Parece un gusano peludo —exclamó Tarkov.

—O una especie de topo —sugirió Steve.

Pero el ruso no estaba de acuerdo.

—¿Un topo? Eso sería demasiado avanzado. Fíjate: ni siquiera tiene cabeza, ni órganos de los sentidos, nada. No es más que una lombriz de tierra muy grande y totalmente cubierta de pelo, que sin duda le sirve para protegerse del frío. Me pregunto de qué se alimentará.

Sin decir nada, me incliné, alargué la mano y toqué suavemente aquel extraño ser. Un instante después, mis compañeros se sobresaltaron al oírme lanzar un grito, que no pude contener.

—¿Qué ocurre? —dijeron al unísono.

—Es un marciano —susurré sin dejar de tocarlo.

—¿Qué dices? —exclamó Tarkov.

—Me está hablando. Espera un momento, por favor...

Sin darme cuenta, había vuelto a tutearle. Muy a su pesar, el ruso y Steve aguardaron. Al cabo de un rato, separé lentamente la mano y me volví hacia ellos, aunque mi mirada parecía atravesarlos y perderse en el infinito.

—Bueno, ¿qué ha pasado? —preguntó al fin Tarkov, que no pudo soportar más la incertidumbre.

—Es un marciano —repetí.

—¿Cómo lo sabes?

—Reconozco la voz. Es uno de los tres que me hablaron.

—¿Y qué te ha dicho ahora? —preguntó Steve.

—Me ha dicho lo siguiente:

«CORRO UN GRAVE RIESGO AL HACER ESTO. PERO ERA LA ÚNICA MANERA DE CONVENCER A LOS INCRÉDULOS. ESTOY EN VUESTRAS MANOS. NO ABUSÉIS DE VUESTRO PODER SOBRE MÍ».

—Y tú, ¿le has respondido algo?

—Sí. Le he dicho que me dejaré matar antes de permitir que le hagan daño —respondí, mirando a Tarkov con gesto de desafío. Pero el director no dijo nada. Después de un momento de silencio, le pregunté—: ¿Estás convencido ahora?

Tarkov alzó la mirada.

—No sé qué decirte. Es evidente que hemos hecho un descubrimiento asombroso: ¡vida animal en Marte! Pero ¿un ser inteligente? Lo siento. Todas las apariencias están en contra.

—¡Pero si acabo de repetirte lo que me ha dicho!

—¿Y dónde está la prueba de que esas palabras hayan

surgido de... eso, y no de tu propia cabeza? Perdona, pero estamos exactamente igual que estábamos.

Por un momento, me costó trabajo aguantar la decepción y contemplé a Tarkov como si no pudiera creer lo que oía. Luego, mi mirada se desvió ansiosa hacia Steve, quien se limitó a abrir los brazos en mudo gesto de impotencia.

—Sin embargo, estoy dispuesto a hacer una prueba más —dijo de pronto Tarkov—. Voy a tocarlo. Si recibo algún mensaje, tal vez me convenza.

Antes de que yo pudiera responder, Tarkov se inclinó y puso la mano sobre el misterioso ser, pero no tardó ni un segundo en enderezarse de nuevo, con un grito de dolor.

—¡Me he quemado! —exclamó.

—¡Es imposible! —dijo Steve—. El guante aísla perfectamente.

—¡Te digo que eso me ha quemado la mano! Tengo la misma sensación que si hubiera tocado un montón de brasas. Debe de estar achicharrada. Si pudiera quitarme el guante te la enseñaría. Pero ya la verás en la base.

Steve movió la cabeza, incrédulo.

—Parece que este ser no está tan indefenso como decía Irene —dijo—. Sea como sea, tenemos una nueva prueba en favor de su inteligencia.

—¿Por qué? —preguntó Tarkov, algo picado.

—Porque es capaz de elegir a sus amigos. Si es verdad que la sensación que has tenido la ha provocado él, ¿cómo explicas que Irene haya podido tocarlo con perfecta impunidad?

—No lo sé. No estoy en condiciones de buscar una explicación. Pero lo que has dicho no es ninguna tontería. Sería interesante saber qué pasaría si lo tocaras tú.

—¡No, gracias! —exclamó rápidamente Steve—. No pienso hacer la prueba.

—¿Ni siquiera como experimento científico?

—No. Yo no soy uno de esos investigadores que prueban en sí mismos la vacuna que acaban de descubrir.

Mientras Steve y Tarkov discutían, yo había vuelto a posar la mano sobre el marciano. De pronto me enderecé e interrumpí la conversación de los dos hombres.

—Tenemos que tomar una decisión en seguida

—¿Qué ocurre ahora? —preguntó Tarkov, exasperado.

—El marciano corre peligro. No puede resistir mucho tiempo la luz solar.

—¿Cómo lo sabes?

—Acaba de decírmelo.

—Entonces, tendremos que trasladarlo a la base. Pero no sé cómo lo vamos a hacer.

—Lo llevaré yo —dije muy segura.

—¿Crees que te dejará?

—Claro que sí.

—¿Cómo estás tan segura? —preguntó, y anticipándose a mi respuesta, añadió—: ¡ya sé, ya sé! Te lo ha dicho él. Pues si de verdad corre prisa, vámonos cuanto antes.

Tomé en mis brazos al marciano y, protegiéndolo como pude de los rayos del Sol, emprendí velozmente el camino de regreso. Mis compañeros me siguieron algo más despacio, discutiendo aún sobre la posible inteligencia del que, para Tarkov, continuaba siendo un gusano peludo. Podía oírlos perfectamente a través de la radio, pero estaba tan atenta a la carga que llevaba, que apenas me enteré de lo que hablaron.

En cuanto regresamos a la base, Tarkov dio algunas órdenes. Como es natural, no nos atrevimos a meter al marciano en la burbuja porque el oxígeno lo habría envenenado. Era, pues, necesario construir un alojamiento adecuado, una especie de jaula, para mantenerlo fuera, en contacto con la atmósfera, pero a cubierto de la acción directa del Sol. Mientras yo me dirigí con él a un lugar umbroso, todo el personal de la colonia se puso en movimiento y abandonó sus ocupaciones para resolver la emergencia. La noticia del hallazgo de vida animal en Marte y los comentarios de que podía tratarse de vida inteligente se propagaron como un reguero de pólvora. Todos se aplicaron a la tarea con gran entusiasmo y dirigían miradas furtivas hacia el lugar donde me encontraba yo, concentrada en mi hallazgo y totalmente ajena a la sensación que había provocado.

Uno de los primeros en encontrar un momento libre para acercarse a mí fue Pietro Fiorentino, el bioquímico, quien por su profesión estaba muy interesado en el descubrimiento. Cuando se aproximaba con intención de examinar al marciano, Tarkov se dio cuenta y se apresuró a advertirle:

—¡No se te ocurra tocarlo, Pietro! Esa bestia me ha abrasado la mano.

—Pues a Irene no le pasa nada.

—No. Es innegable que esta chica tiene ciertos privilegios. Por alguna razón, le ha caído bien al bicho. Según ella, no sólo puede tocarlo, sino también hablar con él.

—¿Y se entienden?

—Perfectamente, pero sin pronunciar una sola palabra en voz alta.

—Telepatía, ¿eh? Eso es muy interesante.

—Todavía no sabemos de qué se trata. Ni siquiera hemos comprobado que tales comunicaciones existan.

Pietro me miró con un gesto de comprensión.

—El jefe no quiere creerte, ¿verdad?

—No.

—Es un incrédulo —dijo Pietro con una sonrisa—. ¡Bien! Si no puedo tocarlo, al menos me dejarás verlo, ¿no?

Incliné ligeramente al marciano para ponerlo al alcance de la vista del bioquímico, pero no demasiado cerca.

—¡Asombroso! —exclamó Pietro—. Es indudablemente una forma de vida bastante avanzada. ¡Qué lástima que no podamos diseccionarlo! ¡Cuánto podríamos aprender!

Durante un momento, le miré sin comprender. Luego estallé horrorizada:

—¿Diseccionarlo? ¿Estás loco? Eso lo mataría.

—Por eso no podemos. No vamos a destruir el único ejemplar que tenemos. Si encontráramos más... ¿Es verdad que vive bajo tierra? Voy a proponerle a Tarkov que organice algunas excavaciones en lugares prometedores. Tú y yo tenemos que hablar largamente. Quiero que me cuentes todo lo que sabes de estos bichos.

—¡Jamás! —exclamé—. Pero ¿es que no te das cuenta? ¡Son seres humanos como nosotros!

—¿Humanos? —preguntó Pietro con ironía, señalando al extraño ser—. ¡No digas tonterías, Irene! ¡Míralo!

—Ya veo que tú tampoco me crees.

—¡Un momento! No he dicho tal cosa. Admito que es perfectamente posible que sean seres inteligentes y puedan comunicarse contigo por telepatía. ¡Pero de eso a decir que son seres humanos hay un abismo!

—Pues yo no veo la diferencia.

—Será que no tienes ojos en la cara. ¿Acaso podrías enamorarte de eso?

—¿Y eso que tiene que ver? Tampoco podría enamorarme de ti, lo cual no significa que no seas humano.

Una alegre carcajada resonó en los oídos de los dos. Era Steve, que estaba trabajando en la construcción de la jaula y había oído toda la conversación a través de la radio.

—Te ha dado una buena lección, ¿eh, Pietro? —exclamó.

Pero el bioquímico volvió a la carga, doblemente molesto porque había quedado en ridículo en público.

—Vamos a ver, Irene, seamos razonables. Tú no puedes llamar humano a un ser con este aspecto. Aunque sea inteligente, su mentalidad tiene que ser muy distinta de la nuestra.

Yo no me dejé convencer.

—¿Qué tiene que ver su aspecto? ¿Qué tiene que ver su mentalidad? ¿Condenarías a un hombre porque fuera jorobado, porque pensara de distinta manera que tú?

—Perdona, yo no estoy condenando a nadie.

—Has hablado de diseccionarlo. Lo único que te lo impide es que «sólo tenemos uno» (cito tus palabras). Pero estarías dispuesto a hacerlo si «tuviésemos más». ¿Es ése el concepto que tienes del derecho a la vida? ¿De la fraternidad entre los hombres?

—¡Y dale! ¡Qué pesada te pones! ¿Cómo lograré hacerte comprender que eso no es un hombre?

—Acabaré dándote la razón. Llamarle hombre es insultarlo. Desde que me he puesto en comunicación con ellos, estos seres han tenido hacia mí una conducta intachable. Ellos me salvaron cuando estaba perdida en Valles Marineris, y salvaron también a Steve. Nosotros, en cambio, ¿qué hemos hecho? Amenazar su existencia. Al principio, sin saberlo, y ahora conscientemente. ¿Qué crees tú que es un hombre? Terencio dijo que es aquel a quien nada humano le resulta ajeno. Estos seres han demostrado que se sienten responsables de ayudarnos cuando estamos en peligro. ¿Qué más se les puede pedir? Me decepcionas, Pietro. Empiezo a creer que ellos son más humanos que tú.

—¡Oye, Irene! ¿No crees que exageras?

En ese momento se acercó Steve.

—Ya puedes poner al marciano en su nueva morada, Irene. Está todo dispuesto para recibirle.

Ahora que había llegado el momento de separarme de él, me sentía abrumada por la responsabilidad que me había caído encima y miraba con sospecha a todos los hombres y mujeres que me rodeaban, como si fueran bestias feroces dispuestas a saltar sobre el marciano tan pronto como yo volviera la espalda.

—¿Puedo fiarme de vosotros?

—Te aseguro que protegeremos a tu amigo como si fuera nuestro propio hijo —repuso Steve, llevándose la mano al pecho, en un gesto de compromiso incondicional.

—Sí, pero ya conoces las intenciones de Pietro.

—Pietro es el primero en reconocer que éste es inviolable. Él sólo ha hablado de buscar otros. ¿No es verdad?

—Claro —respondió el italiano.

—Y no temas que los encuentre en seguida. Sería como buscar una aguja en un pajar.

—Está bien —dije levantándome—. Lo colocaré en el sitio que le habéis preparado. Pero os advierto que os considero a todos responsables de su vida.

Poco después, todos los terrestres entrábamos en el interior de la burbuja, y el marciano quedaba solo en la —para él— acogedora atmósfera de su planeta, pero encerrado en una jaula y a merced de unos seres que yo estaba empezando a considerar como enemigos suyos.

Conversación a cielo abierto

AQUEL mismo día, pocas horas más tarde, se desarrollaba una extraña escena sobre la superficie del planeta Marte. Por un lado, dos hombres y una mujer, yo misma, vestidos con traje espacial. Por otro, un extraterrestre, un ser de otro mundo, el único que en realidad se encontraba en su casa, un marciano: una especie de salchicha gigantesca cubierta de pelo áspero, que apenas se movía, que se hallaba casi totalmente hundida en la tierra roja de su planeta y llenaba hasta la mitad el receptáculo de plástico, a modo de jaula, donde estaba confinada. Y encima de todos nosotros, cubriéndonos como un dosel, el extraño cielo anaranjado de Marte.

La jaula estaba situada en un lugar protegido del Sol, junto a la pared de la gigantesca burbuja en cuyo interior vivían cincuenta seres humanos en unas condiciones ambientales muy semejantes a las de la atmósfera terrestre, mantenidas artificialmente por medio de complicados mecanismos y aislamientos a prueba de fugas. La parte superior de la jaula estaba perforada por un agujero que permitía el paso del gas atmosférico para que el marciano pudiera respirar, pero no lo bastante grande como para que se escapara. Por ese mismo agujero introduje ahora la mano para tocarlo y establecer con él una comunicación que, al parecer, sólo podía conseguirse si existía entre nosotros un contacto directo o a través de alguna materia sólida.

A mi lado estaba Dimitri Tarkov, jefe de la colonia, que deseaba comprobar de una vez por todas si era verdad, como sostenía yo, que el marciano era un ser inteligente, a pesar de su aspecto, tan poco parecido al humano. También se encontraba allí Steve MacDunn, cuya presencia había solicitado yo expresamente, y que no se habría perdido esa oportunidad por nada del mundo. Tarkov pensaba llevar la voz cantante en una conversación que, en realidad, iba a ser un interrogatorio del marciano. Yo tan sólo desempeñaría el papel de intermediaria o intérprete entre los dos.

—Pregúntale —comenzó el jefe de la colonia— cómo se las ha arreglado para hacerme creer que me había abrasado la mano, cuando en realidad estaba intacta, como he comprobado al regresar a la base y quitarme el traje.

Repetí mentalmente sus palabras para comunicárselas al marciano. Luego miré a Tarkov y le transmití su respuesta. Estas pausas se repitieron sistemáticamente durante toda la conversación. Pero aquí prescindiré de ellas.

—Dice que, del mismo modo que es capaz de poner pensamientos en mi cerebro, también puede poner sensaciones en el tuyo.

—En ese caso, ¿por qué no quiere hablar conmigo? ¿Por qué no me deja que le toque como tú?

—Porque me ha elegido a mí como única intermediaria. Dice que hay cierta afinidad entre nuestras mentes, mientras que las de otros terrestres le resultan más extrañas.

—Entonces, si Steve lo tocara, ¿experimentaría la misma sensación que yo?

—La misma exactamente. Sólo a mí se me permite tocarle.

—¿Quieres hacer la prueba? —preguntó Tarkov a su compañero.

—No, gracias. Ya te lo he dicho antes.

—¿A pesar de que sabes que de hecho no me ha pasado nada?

—A pesar de eso. A juzgar por tu reacción, ha sido una experiencia muy desagradable. No tengo ningún interés en pasar por ella.

—Es que así podríamos comprobar si lo que dice Irene es cierto. Cada una de esas coincidencias sería un argumento en favor de la teoría de que «eso» es un ser inteligente.

—Búscate otros medios —repuso Steve en tono cortante.

—Cálmate. No pienso obligarte. Vamos a ver, Irene. Pregúntale qué pasará dentro de un año y cuarenta y ocho días.

—Dice que tú lo sabes muy bien.

—Naturalmente. Pero quiero comprobar si también él lo sabe.

Esta vez la pausa fue más larga, porque me costó bastante trabajo comprender la respuesta del marciano.

—No sé si lo he entendido bien, pero creo que ha dicho algo así: «En esa fecha aparecerá en el firmamento un nuevo astro, que será tan brillante como cien soles, pero que sólo iluminará un punto del suelo. Todo aquel que se coloque en ese punto, perecerá abrasado».

Tarkov se volvió a Steve.

—No está mal la descripción. Tengo que reconocer que es verdad. Ésa es la fecha prevista para poner en funcionamiento el primer espejo parabólico, que se situará en órbita estacionaria alrededor de Marte y enfocará la luz solar sobre un punto del planeta, donde colocaremos una estación receptora de energía. Pero todo esto es todavía confidencial. Os ruego que guardéis el secreto y no lo comentéis con nadie hasta que yo os dé permiso.

Steve y yo le aseguramos nuestro silencio.

—¡Está bien! Cada vez estoy más convencido de que todo esto no sale de tu cerebro, Irene. Lo que no sé es cómo han podido enterarse los marcianos. Pregúntaselo, por favor.

—Dice que captan los mensajes que enviamos y recibimos de la Tierra.

—¡Pero si se transmiten en clave!

—No comprende lo que quiere decir eso.

—¡Espera un momento, Dimitri! —intervino Steve—. Me parece que lo entiendo. A los marcianos les da igual que los mensajes estén en clave o en una lengua de la Tierra porque, en principio, no entienden ni una cosa ni la otra. Al fin y al cabo, cifrar un mensaje es lo mismo que traducirlo a una lengua artificial. Si son capaces de extraer la información que contiene el mensaje cuando está, por ejemplo, en inglés, también lo comprenderán aunque esté codificado con cualquier otro sistema de claves.

—¡Por Júpiter, tienes razón! Entonces, todas nuestras protecciones son inútiles contra ellos.

—¡Un momento! Me está diciendo algo —le interrumpí—. Dice que también pueden oír nuestras voces y entender todo lo que hablamos.

—Entonces, ¿por qué tienes que tocarlo? ¡Ah, ya! No

se lo preguntes. Sin duda es necesario para que *tú* puedas recibir sus mensajes.

—Dice que así es, precisamente.

—Muy bien, Irene. Me doy por vencido. Te creo. Tenías razón. Son seres inteligentes. Una vez más, has hecho un descubrimiento sensacional.

—Gracias, pero yo no he hecho nada. Han sido ellos.

—Bien. Pregúntale si quiere contestar algunas preguntas sobre ellos mismos, sobre su modo de vida.

—Está dispuesto.

—En ese caso, pregúntale de qué se alimenta.

—Dice que es demasiado complicado para que yo lo entienda.

—Quizá no lo sea para mí. Dile que yo soy científico.

—Sí, pero primero tendría que hacérmelo comprender a mí, para que yo pudiera explicártelo a ti.

—Es que si no sabemos qué es lo que come, no podremos alimentarle. ¿No se morirá de hambre?

—Dice que no necesitará nada en mucho tiempo.

—Muy bien. Lo dejaremos por el momento. Pregúntale si entre los de su especie existe el sexo. Es decir, si entre los marcianos hay varones y hembras como entre nosotros los terrestres.

—Según dice, son todos iguales: no hay más que una clase de marcianos.

—Tal vez no te haya entendido bien. Pregúntale cómo se reproducen.

—No se reproducen.

—¿Cómo?

—Yo también me he quedado muy sorprendida, Dimitri, pero no hay ninguna duda: me ha dicho que no se reproducen.

—Entonces, ¿cómo nacen individuos nuevos para reemplazar a los que se mueren?

—Dice que no se mueren.

—¡Vamos a ver! Aquí ocurre algo raro. Me parece que no nos entendemos. ¿Quieres decir que son inmortales? ¡Pero eso no puede ser! Hace un rato nos ha dicho que la luz del Sol le mataría. Y el primer mensaje... decía que, si seguíamos adelante con los planes para cambiar la atmósfera, morirían todos.

Esta vez tardé largo rato en responder. Con los ojos cerrados, traté de visualizar en mi cerebro los argumentos de Tarkov para explicárselos al marciano. Y cuando éste me contestó, presté una enorme atención a su respuesta. Luego abrí los ojos y miré al ruso con cara de sorpresa.

—Dice que no se mueren de viejos. Que sólo pueden morir como consecuencia de un accidente. El Sol, el oxígeno, los cambios bruscos del ambiente...: todo eso son accidentes. Normalmente viven bajo tierra, protegidos y en paz durante millones de años. Sólo de vez en cuando se lleva a alguno una catástrofe.

—Entonces, ¡cada vez quedarán menos!

—Así es, exactamente.

—¿Cuántos quedan ahora mismo?

—Dice que unos cien mil.

—¡Es asombroso! ¿Y cuántos eran al principio?

—Alrededor de doscientos mil.

—Esos cien mil marcianos deben de ser viejísimos... Pregúntale qué edad tiene.

—Dice que desde que él nació, su planeta ha dado quinientos millones de vueltas al Sol.

Tarkov hizo un rápido cálculo mental.

—Lo cuál quiere decir que nuestro amigo tiene casi mil

millones de años terrestres. ¡Un anciano verdaderamente venerable! Pregúntale si nacieron todos a la vez.

—Dice que sí.

—¿Cómo nacieron? ¿De dónde salieron?

De nuevo se hizo un largo silencio. Por fin fruncí el entrecejo, pero no hablé. No sabía qué decir exactamente.

—¿Qué te ha dicho? —preguntó impaciente Tarkov.

—No lo he entendido muy bien. Algo así como que Ambar los hizo.

—¿Ambar? ¿Quién es Ambar?

—Dice que si no lo sabemos, él no puede explicarlo.

—¡Bueno! Me parece que estamos perdiendo el tiempo. Además, no creo que sea verdad lo que está diciendo. ¡Es absurdo! ¡Seres que viven mil millones de años! ¿Quién puede creer semejante estupidez?

—Yo —susurré—. Estoy segura de que no nos engaña.

—La verdad es que no veo qué podrían ganar ellos diciéndonos eso si fuera mentira —dijo Steve.

—¡Allá vosotros y vuestra credulidad! Yo, por mi parte, no me lo trago. ¡Vamos adentro!

—¿Te importa que me quede aquí un momento? —dije—. Quiero hacerle una pregunta.

—¿Qué le vas a preguntar?

—Si no te importa, preferiría no decírtelo. Es una cuestión personal.

—Como quieras —rezongó Tarkov, mientras comenzaba a caminar hacia la entrada de la burbuja—. Pero no tardes mucho.

Steve vaciló, a punto de seguirle.

—¿Me necesitas, Irene?

—No, puedes irte.

Poco después me encontraba a solas con el marciano.

Despacio, muy despacio, como si me costara trabajo decidirme, alargué de nuevo la mano hacia el orificio de la jaula y la introduje poco a poco, hasta posarla suavemente sobre la piel peluda. Inmediatamente se restableció la comunicación, y sentí en mi interior una muda pregunta: «¿Qué quieres?».

Sí. Ésa era la cuestión. ¿Qué quería? En realidad, lo quería todo. Estaba exigiendo algo que, probablemente, nadie podía darme: seguridad. ¿Me atrevería a pedírsela? ¿A preguntarle las mil cosas que se agolpaban en mi cerebro?: «¿Qué va a pasar? ¿Qué será de nosotros? ¿Qué nos espera? ¿Te importa a ti lo que me ocurra a mí? ¿Me importa a mí lo que te ocurra a ti? ¿Le importa a alguien? ¿Qué sabes tú del universo, de la vida, la muerte y la inmortalidad, de Dios? ¿Qué sabes tú? ¿Me atreveré a hacerte todas estas preguntas? ¿Acaso no te las he hecho ya?».

La cúpula anaranjada que nos cubría se había vuelto de pronto negra, como el cielo de Olympus Mons, como la más lóbrega de las noches de la Tierra. Me encontraba casi en tinieblas, pero no del todo: ante mí se abría un camino débilmente iluminado, un estrecho pasillo. La oscuridad que me rodeaba por todas partes parecía empujarme hacia él. Avancé a tientas, pero no pude encontrar las paredes. Tampoco podía verlas, pues su negrura no se diferenciaba en nada de la negrura del cielo. Mientras caminaba, pensé que esas paredes podían muy bien no existir, que el suelo mismo no era más que aquella delgada lámina que revelaban los débiles rayos de luz, cuyo origen no conocía y cuyo destino era incierto. Tal vez avanzaba, casi a ciegas, por un puente tendido sobre un abismo insondable en el que me haría caer la más ligera vacilación.

El puente, o el pasillo, o el camino, parecía infinito, pero de pronto me di cuenta de que todo había cambiado. Ahora me encontraba en un lugar completamente distinto: en el borde de un pozo inmenso, negro como la tinta, que se hundía en las profundidades a mis pies. Sólo el borde del pozo estaba iluminado, pero allí no había nadie más que yo. No, eso no era verdad. Oía una voz. Una voz muy distinta de todas las que había conocido. Una voz que me gritaba: «¡SALTA!» ¿Saltar? ¿Adónde? ¿Al fondo del pozo? Pero eso sería la muerte. Y, sin embargo, un impulso irresistible que salía de mí misma me empujaba a obedecer la orden.

Muy despacio, con muchas precauciones, me incliné hacia el suelo, me apoyé en el borde del abismo y comencé a descender, hasta quedar colgada sólo de las manos. «¡SALTA!», seguía gritando o susurrando la voz. «No tengas miedo. No te ocurrirá nada. Yo te estoy esperando y te recogeré para que no sufras ningún daño».

Por un momento creí que al fin lo había logrado. Vi caer mi propio cuerpo hacia el abismo. Lo vi bajar a través de las tinieblas, como si un foco oculto lo iluminara, acompañándolo en su descenso. Pero luego miré hacia arriba y me vi a mí misma, todavía suspendida sobre el abismo. Lo que había caído no era yo. Era un fantasma, un maniquí, un sosia, un producto de mi imaginación. Mis manos seguían agarrotadas en el borde, resistiéndose a una voluntad que al mismo tiempo quería y no quería soltarse. Me sentí a punto de caer en la desesperación. Y en ese momento surgió del fondo del pozo una voz diferente. Una voz conocida. Una voz que decía: «YO ESTOY LIBRE DE TODA CULPA».

Abrí los ojos. El cielo anaranjado me deslumbró al

principio, pero no tardé en acostumbrarme a él. Lentamente, muy lentamente, alcé la mano, la saqué de la jaula y me alejé hacia la escotilla. El marciano no había podido decirme todo lo que yo quería saber, pero indudablemente me había dicho todo lo que él sabía.

La decisión

EL día en que descubrimos al marciano estuve tan ocupada con él que ni siquiera se me ocurrió transmitir la sensacional noticia a la Tierra. Fue un error gravísimo, lo reconozco. Porque, si yo me hubiese adelantado, quizá se habría evitado todo lo que ocurrió después. Pero ahora es inútil lamentarse.

Al día siguiente, muy de mañana, salí al exterior para comprobar que mi protegido se encontraba bien. Después me dirigí a la sección de comunicaciones, dispuesta a enviar un mensaje a los medios de información. Pero allí me encontré con la desagradable sorpresa de que Dimitri Tarkov acababa de prohibir terminantemente al personal de la colonia transmitir cualquier noticia hasta nueva orden. No me costó trabajo comprender por qué. Por un momento, tuve el impulso de ir a ver a Tarkov y protestar por la medida, pero me contuve: era evidente que no serviría de nada.

Hacia media tarde comenzó a correrse por la base el rumor de que se estaba cociendo algo respecto al marciano. No sé cómo llegó a saberse. Tarkov guarda tan bien sus secretos que generalmente se excede y ni siquiera cuenta las cosas que todo el mundo debería conocer. En todo caso, algo debió de escapársele, y la noticia se propagó con la velocidad acostumbrada en un lugar donde apenas suelen ocurrir novedades. Aunque eso era cosa del pasado, porque en aquellos días no podíamos quejarnos.

Fue Marcel Dufresne quien vino a contármelo: sin duda sabía que la noticia iba a ser un rudo golpe para mí y quería ser el primero en dármela para gozar con mi reacción. Al parecer, Tarkov se había convencido por fin de que el marciano era un ser inteligente. Inmediatamente envió a las autoridades astronáuticas un informe en el que detallaba lo que había ocurrido. Pero sus superiores no aceptaron las conclusiones de tal informe y decidieron trasladar el marciano a la Tierra para estudiarlo allí detenidamente y a gusto. Tarkov opuso algunas objeciones, pues estaba interesado en conservar el monopolio del descubrimiento, pero no le hicieron caso.

El principal de los problemas que se planteaban era cómo trasladar al marciano en un ambiente adecuado. Y este problema se resolvió en seguida: lo transportarían dentro de una cámara perfectamente aislada, que tendría en el suelo tierra de Marte y estaría llena de una reproducción exacta de la atmósfera del mismo planeta, la cual se mantendría permanentemente en condiciones óptimas con ayuda de aparatos, reacciones químicas y métodos parecidos a los que utilizábamos para crear un ambiente terrestre dentro de la burbuja.

De acuerdo con el rumor, al que no dudé en dar crédito, Tarkov había terminado por rendirse y aceptar el traslado, que iba a realizarse lo antes posible. En aquel momento se estaban firmando las órdenes oportunas.

Yo estaba tan excitada que esta vez no me molesté en darle a Marcel la réplica adecuada y le dejé gozar de su triunfo. En cuanto me enteré de lo que ocurría, salí corriendo en busca de Steve para consultarle lo que debía hacer. Estaba muy asustada porque tenía la seguridad de que el marciano no debía salir de su planeta, donde yo podía impedir, hasta cierto punto, que le hicieran algo indigno o peligroso. Le había asegurado mi protección y estaba dispuesta a cumplir mi promesa. Pero en la Tierra no podría garantizársela.

Steve no se hallaba en el lugar de costumbre y, después de indagar un poco, averigüé que estaba reunido con Tarkov. No tuve la menor duda del motivo: las cosas se estaban desarrollando demasiado deprisa. Era necesario hacer algo antes de que fuera demasiado tarde. Y yo sabía exactamente qué era lo que tenía que hacer.

Sin perder un momento, tomé la decisión, me dirigí a la salida de la burbuja y me puse un traje espacial. Tenía la esperanza de que, con la confusión que reinaba en la colonia, nadie me echaría de menos durante un par de horas.

CUANDO REGRESÉ ENCONTRÉ A STEVE aguardándome. Inmediatamente después de su conversación con Tarkov, me había buscado por toda la base, hasta convencerse de que no me hallaba en ella. Luego se había dirigido a la escotilla y había esperado con paciencia mi regreso.

—¿Te has enterado de la noticia? —dijo, sin saludarme siquiera.

—Sí —respondí.

Me costaba trabajo hablar. Estaba muy cansada después de lo que acababa de hacer. Sólo deseaba cerrar los ojos, dormir y olvidarme de todo. Pero comprendía que eso era imposible, que apenas me encontraba en el principio de mis esfuerzos.

—¿Cómo es posible? —exclamó Steve—. ¡Si yo acabo de saberlo!

—El rumor se ha corrido rápidamente por toda la colonia —dije—. Me lo ha contado Marcel.

—¿Sabes también que tú y yo tenemos que salir inmediatamente para la Tierra?

—Me lo había imaginado —repuse—. Tú habrías tenido que pilotar el *Aventura,* y yo habría sido indispensable como intérprete del marciano.

Steve no se dio cuenta de que yo hablaba en modo condicional o, si lo advirtió, debió de atribuirlo a mi turbación, y continuó hablando sin darle mayor importancia:

—Mañana por la mañana, a primera hora, tenemos que reunirnos con Tarkov, que nos hará entrega de las órdenes definitivas. Otra cosa: nos han prohibido a todos divulgar la noticia. Han declarado «alto secreto» la existencia de vida inteligente en Marte, por lo menos hasta que se compruebe de forma concluyente. Dimitri está ya seguro, pero no ha conseguido convencer a sus superiores.

Durante un rato, nos quedamos los dos muy silenciosos. Yo estaba tratando de reorganizar mis pensamientos, después del paso que acababa de dar, y Steve, que creía comprender mis sentimientos, no sabía qué decirme.

Por fin llegó el momento de separarnos. Pero antes de hacerlo, le puse a Steve la mano en el brazo y, sin poder contenerme, exclamé:

—Mañana necesitaré tu apoyo.

—Cuenta con él —me aseguró.

—Todavía no sabes para qué.

—Sea lo que sea, yo estaré de tu parte.

—Gracias. Lo creo.

Steve me miró con un gesto de compasión. Yo debía de estar muy pálida, pero por una razón muy distinta de la que creía él.

AQUELLA NOCHE CASI NO PUDE DORMIR. Me pasé las horas pensando en la prueba que me esperaba, ensayando mentalmente lo que debía decir y descartando una tras otra todas las frases que me venían al pensamiento. Por fin decidí dejarlo todo para el día siguiente y confiar en la inspiración del momento. Eso es algo que suele darme muy buenos resultados.

Por la mañana, cuando Tarkov me mandó llamar, estaba dispuesta. Al entrar en el despacho encontré allí a Steve, que me dirigió una sonrisa de ánimo. Pero fue Dimitri el primero en hablar.

—Supongo que ya sabes que el marciano tiene que salir inmediatamente con destino a la Tierra.

Se notaba que no le hacía gracia tener que aceptarlo, pero el asunto no estaba ya en sus manos, y no le quedaba más remedio que resignarse.

—Tengo que comunicarte que se ha tomado la decisión de que tú lo acompañes —continuó—. Espero que comprendas que es inevitable. Tú eres la única persona que puede comunicarse con él sin sufrir daño. Te ruego, pues, que te pongas por entero a disposición de Steve y que le ayudes a preparar el traslado, que se efectuará lo antes posible.

Había llegado mi turno de hablar y me puse en pie lentamente.

—Lamento contradecirte, Dimitri. Pero lo que dices es imposible. El marciano no viajará a la Tierra.

El jefe de la misión suspiró.

—Esperaba tu oposición —dijo—. Pero te aseguro que es inútil. La decisión se ha tomado en niveles demasiado altos. Y por lo que respecta a la seguridad de tu protegido, puedes estar tranquila. Todo se dispondrá de modo que no sufra durante el traslado y, cuando llegue a la Tierra, se encuentre en un ambiente en el que pueda vivir de la forma más natural posible.

—No me refería a eso, Dimitri.

—Sí, ya sé que también tienes razones morales para oponerte al traslado. Te aseguro que se han tenido en cuenta. Pero siéntate, por favor.

Ignoré su ruego y continué de pie.

—Perdona, pero cuando digo que el marciano no puede viajar a la Tierra me refiero a una imposibilidad no moral, sino física.

Tarkov y Steve me miraron desconcertados.

—¿Qué quieres decir? —preguntó el segundo.

—Que no podéis llevaros al marciano por la sencilla razón de que ya no se encuentra entre nosotros. Ayer por la tarde, en cuanto me enteré de la noticia, salí de la base y me apresuré a dejarlo en libertad.

Por un instante, pareció como si los tres nos hubiésemos convertido repentinamente en estatuas de piedra. Después, Dimitri y Steve comenzaron a hablar a la vez. Yo ya no estaba asustada. Había dicho lo que tenía que decir y me hallaba preparada para dar el paso siguiente.

Por fin se restableció el orden. Tarkov se puso en pie frente a mí y, con deliberada cortesía, dijo:

—Señorita Pinedo, ha cometido usted una falta grave, quizá un delito. Ha dispuesto usted de una propiedad nacional según su propio criterio, sin pedirle consejo a nadie y contraviniendo las órdenes recibidas. Recuerde que yo la hice personalmente responsable del descubrimiento. Espero que nos ayude a recuperarlo, explicando con todo detalle dónde lo ha llevado y de qué manera podremos dar con él. Si no lo hace, tendrá que atenerse usted a las consecuencias.

Vi que Steve iba a levantarse para protestar, pero lo detuve con un leve gesto. A medida que iba pasando el tiempo, me sentía más segura, más dueña de la situación.

—Perdona, Dimitri, pero no estoy de acuerdo con lo que has dicho. En primer lugar, el marciano no era propiedad de nadie porque es esencialmente libre, como cualquiera de nosotros. Por tanto, yo no he cometido ningún delito devolviéndole una libertad a la que nunca ha dejado de tener derecho. En segundo lugar, sin duda recordarás que yo me consideré responsable de su seguridad desde que decidió ponerse bajo nuestro cuidado para convenceros de la verdad de mis palabras. Esa responsabilidad para con él era muy superior, Dimitri, a cualquier otra que me ligue contigo. En tercer lugar, estoy dispuesta a decirte dónde lo he llevado: al mismo sitio donde lo encontramos hace varios días. Pero antes de que te precipites a ordenar que realicen excavaciones en su busca, debo avisarte de que ya no lo encontraréis allí. Los marcianos tienen medios para desplazarse bajo tierra a gran velocidad, y él está ahora muy lejos de aquel lugar. Lo sé porque él mismo me dijo que ésas eran sus intenciones.

—¿Has terminado ya? —preguntó Tarkov, sentándose de nuevo y procurando dominar su cólera.

—No. Tengo una cosa más que decirte. Es posible que estés pensando castigarme por haber cumplido ante todo con mi deber de ser humano. Te aconsejo que no lo intentes. Yo ya no estoy bajo tu jurisdicción. Los marcianos me nombraron ayer su representante ante el gobierno de la Tierra. A partir de ahora tengo inmunidad diplomática. Soy, por decirlo así, su embajadora.

Por segunda vez, el asombro dejó paralizados a los dos hombres. Sin embargo, Tarkov no tardó en reponerse y recuperar el uso de la palabra.

—¿Qué pruebas tenemos de que es cierto lo que dices?

—¡Ésta! —repuse, señalando al suelo con el dedo.

Y en el mismo instante se produjo un terremoto. La base entera tembló violentamente, y tuvimos que sujetarnos para no caernos de las sillas. Tarkov trató de levantarse, vaciló, estuvo a punto de perder el equilibrio y se quedó agarrado al borde de la mesa en una posición inverosímil.

Como supimos después, el terremoto duró exactamente cinco segundos, pero nos pareció eterno. Y apenas terminó, Tarkov se precipitó hacia la puerta del despacho para informarse de los daños que hubiera podido sufrir la base, pero yo le detuve.

—No te asustes, Dimitri. No ha ocurrido nada. Este movimiento ha sido calculado cuidadosamente. Te aseguro que la colonia está intacta.

Sin embargo, la reunión se dio por terminada inmediatamente y no volvió a convocarse hasta muchos días después.

La negociación

EN las semanas siguientes se adueñó de la colonia Ares-III un verdadero caos. Excepto yo y, hasta cierto punto, Steve, todos parecían haber perdido el control. Afortunadamente, la mayor parte de los mecanismos encargados de mantener las condiciones de vida en la burbuja funcionaban de forma automática. Si no hubiera sido así, sin duda habría habido más de una catástrofe, por olvido o distracción de alguno de los responsables.

Aunque Dimitri intentó volver a reunirse conmigo, yo me negué terminantemente porque ya le había proporcionado toda la información y todas las pruebas que necesitaba, y no tenía nada que añadir. Cuando me hiciera una propuesta concreta que pudiera presentar a los marcianos, reanudaría las conversaciones. Pero, mientras tanto, no deseaba perder el tiempo en discusiones estériles.

Comprendía que estuviera furioso. Le había hecho quedar mal, precisamente cuando esperaba sacar partido del descubrimiento y se consideraba a punto de dar un gran salto en su carrera. Ahora, hasta era posible que lo destituyeran. Pero claro, yo no podía prever eso, y aunque lo hubiera previsto no habría podido actuar de otra manera.

A partir de aquel día, aunque seguí cumpliendo mis deberes en el laboratorio de cultivos hidropónicos, me negué a aceptar de Tarkov órdenes de cualquier otro tipo escudándome, como el día de la reunión, en mi carácter de representante de los marcianos. Este carácter me ponía en una posición ambigua de la que estaba dispuesta a aprovecharme. Aunque la organización casi militar de la colonia daba a Dimitri una autoridad prácticamente absoluta, en mi trabajo de corresponsal yo había conseguido eludirla más de una vez con subterfugios. Ahora había llegado el momento de desobedecerle abiertamente.

Tarkov era demasiado diplomático para chocar conmigo y demasiado listo para pedir ayuda a la Tierra, pero no por eso se encontraba inerme. Un buen día comencé a darme cuenta de que se me hacía el vacío, de que mis compañeros me rehuían y, cuando intentaba hablar con ellos, escapaban con diferentes pretextos. Ni siquiera tenía el consuelo de cambiar impresiones con Steve, el único que me inspiraba confianza, pues Tarkov lo había enviado al *Aventura* en una misión secreta de la que tardaría muchos días en volver. Así pues, me encontraba completamente sola y estaba segura de que aquella situación la había planeado el jefe de la colonia con la intención de presionarme.

La reacción de Marcel Dufresne ante estos hechos me resultó divertida, al principio. En seguida me di cuenta de que me tenía pánico. Sin duda estaba convencido de mi influencia con los marcianos y de los poderes de éstos, y temía que me vengara de las burlas de que me había hecho objeto. Cuando le resultaba imposible evitarme, me trataba con la más abyecta obsequiosidad.

Tuve que sufrir especialmente la animosidad de mis

compañeras de habitación, que no podían rehuirme porque el reglamento nos obligaba a coincidir a la hora de acostarnos. En esos momentos, ellas me acosaban con sus reproches y me forzaban a enzarzarme en largas y penosas discusiones que no conducían a ninguna parte.

—¡Es inaudito! —exclamó cierta noche Inge Borland—. ¡Nunca lo hubiera creído de ti, Irene! ¡Tú que parecías una chica tan simpática y tan bien educada!

—¿Qué tienes que reprocharme? —pregunté algo seca, pues sabía lo que venía a continuación.

—¡Casi nada! Que te has convertido en un monstruo de ambición y de soberbia y te niegas a escuchar nuestros consejos.

—¿Por ejemplo?

—Lo sabes muy bien. ¿Por qué no descubres dónde se esconden los marcianos? ¿No te das cuenta de que pueden destruirnos? ¡Hay que hacer algo cuanto antes! De lo contrario, podemos morir en cualquier momento.

—Te equivocas, Inge. No corremos ningún peligro. Y yo no actúo así por ambición. Es que no puedo traicionarlos.

—¿Y no se te ha ocurrido pensar que lo que estás haciendo es una traición a la Tierra?

—Ésta se ha pasado a los marcianos en cuerpo y alma —intervino Nina Fedorovna—. No me sorprendería que haya sido ella misma quien les ha dado la idea del terremoto.

—Os aseguro que no he hecho ni voy a hacer nada que pueda causar daño a ninguno de nosotros.

—Ya nos has hecho daño, Irene, aunque te niegues a reconocerlo.

—Eso no es verdad, Inge —repliqué—. Ya sé que ves

las cosas de distinta forma que yo, pero te ruego que me comprendas. No puedo aceptar tus consejos porque están en contra de mis principios.

—¡Ya han salido a relucir los principios! —dijo Nina con displicencia—. ¡Hija! ¡Qué superior te has vuelto!

—Es cierto, Irene —añadió Inge—. Parece como si te creyeras más lista o mejor que nadie. ¿No te has dado cuenta de que estás sola? Nadie opina como tú. ¿Es ése el concepto que tienes de la democracia? ¿Crees que tu opinión tiene que prevalecer sobre el parecer unánime de todos los demás?

—¿Por qué no, si estáis equivocados? Lo bueno y lo malo, lo verdadero y lo falso no dependen de la opinión de la mayoría. La democracia se aplica a otras cosas. En la ciencia y en la moral no tiene nada que hacer.

—¡Déjala, Inge! —exclamó Nina—. Es mejor no hablar. Sus palabras me producen náuseas.

Como es lógico, aquella situación no podía prolongarse indefinidamente. Viendo que Tarkov no conseguía nada, las autoridades de la Tierra decidieron tomar cartas en el asunto y se dirigieron a mí directamente. Entonces comenzó una interminable sucesión de mensajes firmados por comisiones y altos cargos, de categoría cada vez más alta. Pero no tenían nada que ofrecerme y se limitaban a pedirme información sobre los marcianos. Querían conocer sus puntos débiles, saber dónde se reunían y si había alguna forma de neutralizarlos o de anular sus poderes, demasiado evidentes para despreciarlos. Y como yo no estaba dispuesta a hablar con los jerarcas de la Tierra en esas condiciones, todos los intentos terminaron en un rotundo fracaso.

Cierto día observé con sorpresa que entre los documentos de mi correspondencia, cada vez más abultada, había una copia de un informe oficial del gobierno mundial. Sospechando que ese informe tuviera algo que ver conmigo, me apresuré a leerlo. Era muy escueto:

«Hoy, lunes, trece de abril del año 2043, el gobierno de la Tierra tiene el honor de anunciar un hecho sensacional: el hombre acaba de establecer contacto, por primera vez en la historia, con seres extraterrestres inteligentes. El descubrimiento ha sido realizado por la periodista Irene Pinedo en el planeta Marte. Los marcianos, cuyo paradero exacto sólo ella conoce, parecen poseer poderes extraordinarios y un gran dominio de las fuerzas naturales, aunque esto no podrá confirmarse hasta que los conozcamos mejor, cosa que no ha sido posible hasta el momento, por causas ajenas a la voluntad del gobierno. En cuanto el gobierno disponga de más información, la irá haciendo pública por medio de nuevos comunicados».

Me quedé estupefacta. Después de tanto secreto, el gobierno divulgaba por su propia iniciativa la existencia de los marcianos. ¿Qué significaba aquello? Tenía que saberlo y, sin perder un momento, me dirigí a la sección de transmisiones, dispuesta a enviar un mensaje a la Tierra. Pero allí me encontré con una sorpresa desagradable: las restricciones no se habían levantado y Tarkov acababa de confirmar la orden de que se me impidiera establecer contacto con los medios de comunicación. Seguía, pues, aislada, y el informe del gobierno no había cambiado las cosas.

Mientras regresaba sin prisa a la sección de cultivos hidropónicos medité profundamente sobre lo que acababa de ocurrir y, poco a poco, fui intuyendo las razones ocultas de la acción del gobierno: sin duda se habían visto obligados a publicar el secreto tan celosamente guardado porque, a medida que la noticia era conocida por un número creciente de personas, aumentaba el peligro de una filtración incontrolada. Por eso habían decidido adelantarse y aprovechar la ocasión para presionarme aún más.

Volví a leer el informe oficial, y esta vez descubrí que estaba cuidadosamente manipulado. Aunque me atribuía el descubrimiento y mencionaba mi nombre, daba a entender que yo sabía de los marcianos mucho más de lo que decía, y que ocultaba por motivos oscuros una información que me guardaba para mis propios fines. Comprendí que el objeto de la comunicación era atacar mi resistencia desde dos frentes, simultáneamente. Por un lado, el informe me elevaba a la categoría de heroína popular y me hacía de pronto mundialmente famosa, sin duda con la intención de halagarme y minar mi resistencia. Por otro, me amenazaba sutilmente con la posibilidad de perder toda esa fama en un solo instante, pues el favor del pueblo cambia con tanta facilidad como la veleta sigue al viento.

«Nosotros te hemos convertido en un ídolo popular», venía a decir el mensaje subliminal que el gobierno me enviaba. «Pero, cuando queramos, dejarás de serlo y te convertirás en enemiga de la humanidad. Todas las alabanzas que ahora se te dedican pueden transformarse en vituperios en un abrir y cerrar de ojos. Ten cuidado, Irene. De ti depende conservar la popularidad de que ahora gozas».

Mis temores no tardaron en confirmarse. Inmediatamente después de la publicación de la noticia, me presionaron con amenazas cada vez más claras y concretas y comenzaron a exigirme cosas que yo no podía aceptar porque no tenían otro objeto que posibilitar al gobierno de la Tierra el control y dominio de los marcianos. Felizmente para éstos, yo era inmune a ese tipo de ataques. Ni deseaba una popularidad que no había buscado ni, en consecuencia, temía su pérdida. Por eso seguí adelante, sin mirar a derecha ni a izquierda y decidida a ser fiel a mis principios y a la causa que había abrazado. Me negué a tratar con nadie y dije que sólo estaba dispuesta a hablar con la cúspide de la autoridad terrestre para presentarle las condiciones que los marcianos exigirían en un posible acuerdo entre los dos planetas.

Las tensiones se prolongaron durante dos semanas. Pero el veintiocho de abril estalló la bomba: Yo, Irene Pinedo, una periodista sin importancia, debía viajar inmediatamente a la Tierra para entrevistarme con el presidente del gobierno mundial. En la colonia se quedó todo el mundo sin habla, empezando por Tarkov. Al parecer, aquella audiencia significaba la capitulación del gobierno y el reconocimiento oficial de mi posición como representante de los marcianos. Parecía el triunfo de mis tesis y el principio de las negociaciones entre los dos planetas.

Sin embargo, yo no estaba muy segura y temía que aquella aparente marcha atrás ocultara alguna trampa. Por ello, antes de aceptar, impuse una condición: exigí garantías de que, una vez acabada la audiencia, podría regresar a Marte sin ninguna dificultad. Era una petición extraña y no fue bien comprendida; pero terminaron por aceptarla, y yo comencé a prepararme para el gran viaje.

Naturalmente, Steve MacDunn fue el encargado de conducir el *Aventura* durante el regreso a la Tierra. Con sólo cuatro tripulantes y una pasajera, la nave parecía extrañamente vacía. Los meses de viaje se me hicieron muy largos. Sobre todo, me preocupaba haber perdido el contacto con los marcianos, aunque estaba razonablemente segura de que no se tomarían medidas contra ellos en mi ausencia. Por otra parte, la compañía de Steve me llenaba de felicidad.

Apenas puse pie en el espaciopuerto terrestre fui conducida a una *suite* de uno de los mejores hoteles de la capital, donde podría descansar algunas horas para reponerme del interminable viaje que acababa de realizar. Aparentemente, se me concedían los más altos honores, pero no me dejé engañar: no me costó trabajo descubrir que el ala del hotel donde yo me encontraba estaba totalmente desierta, que había varios guardias vigilando mi puerta y que los aparatos de comunicación de mi *suite* estaban desconectados. En realidad, me encontraba en una cárcel de lujo.

A la mañana siguiente, a primera hora, vinieron a buscarme y me condujeron al palacio presidencial. Al entrar en el edificio, observé que había más guardia que de costumbre. «Esta vez va la cosa en serio», pensé. «Menos mal que vengo preparada para la entrevista».

El presidente del gobierno mundial es un hombre más bien bajo y tiene un aspecto bonachón que contrasta con sus ojos, de un brillo acerado y parcialmente ocultos tras unas gafas de cristales oscuros.

Me recibió en su despacho. Al entrar yo, se levantó, me estrechó la mano y me indicó que me sentara en una silla situada frente a su mesa. No se molestó en tratar de dar a la reunión un tono amistoso; pero si lo hubiera hecho, no habría conseguido engañarme.

—Señorita, últimamente me ha dado usted muchos quebraderos de cabeza— fueron sus primeras palabras.

—No ha sido culpa mía —repuse.

—Sin embargo, usted se ha negado siempre a colaborar con nosotros. ¿Puedo preguntarle por qué?

—He contestado a esa pregunta más de una vez. Sin duda tiene usted mi respuesta en esa carpeta —añadí señalando un abultado dossier que el presidente tenía sobre la mesa.

Sin dignarse hacer un gesto de asentimiento, cambió bruscamente la dirección de sus palabras.

—Es curioso que se resista usted tanto a darnos información sobre los marcianos. Quizá no sean tan poderosos como aparentan. ¿Acaso teme usted por ellos?

Comprendí que el presidente era un adversario peligroso y decidí responderle con un argumento que entendiera perfectamente.

—Los marcianos tienen un dominio completo de su planeta. Podrían destruirlo si quisieran.

—Eso habría que probarlo.

—¿Correría usted ese riesgo?

El presidente actuó como un campeón de esgrima: eludió darme una respuesta directa y atacó a fondo el punto que tanto él como yo deseábamos alcanzar.

—Vamos a ver si podemos llegar a un acuerdo. ¿Qué condiciones imponen los marcianos?

—Los marcianos no imponen condición alguna. No son ellos quienes nos han invadido. Lo único que desean es asegurar su propia supervivencia.

—Un objetivo muy loable.

—Pero que no siempre se tiene en cuenta. La historia de la humanidad está llena de casos de genocidio, de aplastamiento o aniquilación de pueblos enteros por otros más fuertes o mejor armados.

—Eso no es aplicable a nuestro caso, señorita. Según acaba de afirmar usted, los marcianos no están inermes ante nosotros.

No respondí. Después de aguardar un momento, el presidente continuó:

—¿Considera usted atrasados e indefensos a unos seres que son capaces de provocar terremotos a voluntad, que se ocultan de forma que no podamos localizarlos y que poseen medios de comunicación desconocidos? Además, usted sabe de sobra que nadie tiene intención de destruirlos.

—Activamente, no. Pero ¿puede usted afirmar que los planes de colonización de Marte garantizarían la supervivencia de los marcianos si éstos no poseyeran los poderes que usted acaba de mencionar?

—Habríamos hecho lo posible para asegurarla.

—Mientras lo hubieran permitido los intereses económicos.

—Está bien, señorita, no perdamos el tiempo en discusiones. Le repito la pregunta que le he hecho antes: ¿Qué condiciones imponen los marcianos?

—Los marcianos están dispuestos a ceder a la Tierra el dominio de la superficie de Marte, pero desean conservar el del subsuelo y el de la atmósfera.

—¿Y qué quiere decir eso?

—Que el gobierno de la Tierra debe dar garantías de que no se intentará, ni ahora ni en el futuro, modificar la atmósfera del planeta. A cambio, nos autorizan a construir tantas instalaciones semejantes a la colonia Ares-III como se desee. También nos permitirán poner en órbita satélites artificiales para la obtención de energía solar, siempre que dicha energía sea utilizada sólo para medios lícitos.

—¿Y qué pasará con los minerales y con los materiales de construcción que se necesiten? Nuestros proyectos prevén el aprovechamiento de subsuelo marciano. Sin eso, quizá no estaría justificada económicamente la colonización de Marte.

—Como le he dicho, los marcianos desean mantener el dominio legal del subsuelo, pero están dispuestos a cederle a la Tierra el uso de algunos territorios, que serán seleccionados caso por caso. De hecho, incluso podrían facilitarnos el trabajo, indicándonos la ubicación exacta de los mejores yacimientos. Esos territorios subterráneos se considerarán cedidos temporalmente, y los marcianos podrán recuperarlos cuando lo deseen.

—¿Y qué piden a cambio de estas concesiones?

—Absolutamente nada. No desean ninguna cosa que nosotros podamos darles. Su ofrecimiento es puramente altruista.

—Las condiciones son claras —dijo el presidente, que estaba muy serio—. Las discutiré con mi gobierno y le comunicaré oportunamente nuestra decisión. Hasta ese momento, usted permanecerá en la Tierra. Además, le recomiendo que desista de su propósito de regresar a Marte y se quede aquí definitivamente. Si decide tomar en consideración esta propuesta, podría ofrecerle un puesto muy interesante.

Negué con un movimiento de cabeza y contesté:

—Gracias por su oferta, señor presidente, pero no se moleste. Mi lugar está en el planeta Marte. Como usted sabe, los marcianos me han elegido como única intermediaria.

El presidente se puso en pie y me tendió la mano.

—Antes de marcharme —dije—, quisiera saber si voy a continuar incomunicada.

—Comprenderá usted que en estas circunstancias es inevitable.

—Le presento mi más enérgica protesta.

—Tomo cumplida nota. Ya tendrá usted noticias mías.

La audiencia había terminado.

El tratado

Texto oficial del tratado entre el gobierno de la Tierra y los habitantes autóctonos del planeta Marte

Artículo primero. El pueblo de Marte se compromete a:

1. Ceder a la Tierra el uso y el control exclusivo de la superficie de Marte.
2. Permitir a la Tierra la construcción de un número indeterminado de estaciones de trabajo y vivienda, provistas en su interior de un ambiente artificial adaptado a las necesidades de la biología terrestre.
3. Garantizar la libertad de tránsito de toda clase de vehículos por la atmósfera de Marte.
4. Autorizar la puesta en órbita, por parte de la Tierra, de un número razonable de satélites artificiales con fines científicos, tecnológicos o energéticos.
5. Facilitar la explotación terrestre de parte de los productos naturales del subsuelo en régimen de concesión temporal individualizada. Estas concesiones tendrán una duración mínima de cien años y serán prorrogables.

Artículo segundo. El gobierno de la Tierra se compromete a:

1. Respetar la composición de la atmósfera de Marte. Cualquier actividad que pueda suponer su modificación brusca o progresiva queda estrictamente prohibida.
2. Limitar el tránsito por la atmósfera de Marte a un máximo de mil trescientos setenta y cuatro viajes de vehículos aéreos por año marciano. Esta cifra podrá revisarse por acuerdo mutuo.

Artículo tercero. El gobierno de la Tierra reconoce la soberanía del pueblo de Marte sobre el subsuelo del planeta, soberanía que se mantendrá aun en los casos de las concesiones temporales mencionadas en el artículo primero.

Artículo cuarto. El pueblo de Marte reconoce a los habitantes de la Tierra que se trasladen o instalen definitivamente en Marte el derecho a la vida y a la independencia, en total igualdad con los habitantes autóctonos de Marte.

Artículo quinto. El gobierno de la Tierra reconoce a los habitantes autóctonos de Marte el derecho a la vida y a la independencia, en total igualdad con los habitantes de la Tierra.

FINALMENTE, DESPUÉS DE DELIBERACIONES interminables, el gobierno ha aceptado todas las condiciones de los marcianos, tal y como yo las expuse en mi entrevista con el presidente. En realidad, no podían hacer otra cosa: eran demasiado favorables para rechazarlas. Además, tal como está redactado, el tratado parece un triunfo de la habilidad negociadora del gobierno: aparentemente, los marcianos hacen todas las concesiones, mientras que nosotros sólo nos comprometemos a un par de limitaciones triviales. Pero algunos altos cargos y yo sabemos que, en realidad, ese triunfo es una capitulación completa.

Los planes de colonización de Marte han sido modificados para adaptarlos a las nuevas circunstancias. Renunciamos a convertir el planeta en una segunda Tierra y a extendernos indiscriminadamente por su superficie. Tendremos que seguir viviendo dentro de nuestras burbujas y salir al exterior con un traje espacial. También se aplaza ligeramente la fecha prevista para el montaje y la puesta en funcionamiento del primer satélite artificial destinado al enfoque de energía solar.

Las instalaciones de la misión Ares-III van a ser ampliadas: se construirá otra burbuja a unos cien metros de la primera, y las dos estarán conectadas mediante un pasillo protegido, para que resulte fácil el paso de una a otra. La población de la colonia se elevará a cien personas. También hay planes para construir otras colonias en distintos puntos de Marte, una vez que entre en funcionamiento el centro de distribución de energía.

Dimitri Tarkov seguirá siendo, de momento, jefe y responsable de la colonia Ares-III ampliada. Pero tendrá a su lado un alto funcionario con plenos poderes, que actuará como representante plenipotenciario del gobierno. ¡Pobre

Dimitri! ¡Cuánto va a echar de menos su época de autoridad absoluta!

Yo he tenido que rechazar numerosas ofertas de trabajo en la Tierra: el gobierno no ha abandonado hasta el final su táctica de brindarme puestos atractivos para que me quedé aquí, y los principales medios de comunicación se apresuraron a ponerse en contacto conmigo tan pronto como me dejaron en libertad, el mismo día de la publicación del tratado.

Como los marcianos insisten en que yo siga siendo su único enlace con las autoridades terrestres, a mi regreso a Marte se me reconocerá oficialmente dicha actividad y se reservará para mi uso una sección de la nueva burbuja de la colonia Ares-III, donde dispondré de dormitorio personal y de despacho. Como es natural, mis nuevas responsabilidades me obligarán a abandonar mi antiguo trabajo en la sección de cultivos hidropónicos. Lo voy a sentir un poco, porque era una tarea que me gustaba. De todos modos, pienso seguir haciendo experimentos en la libertad y la soledad de mi nuevo alojamiento.

Mañana emprenderé el viaje de vuelta a Marte. Iré con la segunda expedición de colonos, formada por unas cincuenta personas. El *Aventura* despegará de nuevo, como la primera vez, pero ahora sé lo que voy a encontrar al final del largo trayecto. Sin embargo, este viaje va a ser muy diferente para mí: no nos acompaña Steve. Ha venido a despedirse hace unas horas.

—¿ESTÁS SATISFECHA de cómo han ido las cosas? —me pregunta Steve.

—En conjunto, sí —respondo—. Pero no quiero subestimar el poder de manipulación del gobierno.

—¿Tienes miedo de que se vuelvan atrás?

—La vida es muy compleja, no hay nada garantizado. Hemos llegado a un acuerdo, pero ¿qué pasará dentro de diez años? ¿Te arriesgarías a asegurar que todo va a seguir igual?

—No creo que se atrevan a enfrentarse abiertamente con los marcianos.

—Eso es lo que espero.

Steve guarda un silencio embarazoso. Parece muy preocupado y tiene los ojos bajos.

—Bueno, ¿qué es lo que quieres decirme? —le pregunto al fin, cansada de esperar a que se decida.

—No volveré contigo a Marte, Irene —me dice.

Tengo la misma sensación que si hubiera recibido un fuerte golpe. Si no estuviese sentada, habría tenido necesidad de agarrarme a algún sitio para no caer.

—¿Qué quieres decir?

—Me han asignado otra misión. Dentro de tres días partirá la primera expedición a Venus. Yo seré el capitán.

—¿A Venus? ¿Estás loco? ¡Es un infierno, a cuatrocientos grados de temperatura y cien atmósferas de presión! Y esa atmósfera saturada de ácido sulfúrico... ¡No volveréis vivos de allí!

—Es posible. Las primeras expediciones siempre son peligrosas. Pero no lo creo.

—¿Y si no vuelves? ¿Qué va a ser de mí?

Steve me mira fijamente a los ojos. En ese momento, él es más fuerte que yo.

—Irene, sabes perfectamente que te quiero, que te he querido desde hace mucho tiempo. ¡Deja todo y vente conmigo a Venus! Con tu experiencia, no me será difícil conseguir que te asignen un puesto en la tripulación.

Tardo mucho tiempo en contestar, y cuando lo hago me cuesta trabajo hablar. La tentación es terrible, mucho más fuerte que ninguna de las anteriores, pero no puedo dudar. No tengo derecho.

—Steve, tengo que confesarte una cosa.

—Dime, Irene.

—Es un gran secreto, algo que pesa sobre mi conciencia y que quizá fuera mejor que no saliera de mí.

—Si me lo confías, te aseguro que no se lo diré a nadie.

—Ya lo sé. Por eso te lo voy a decir.

—¿Tiene algo que ver con lo que sucedió en Marte?

—Sí. Actué por mi cuenta, oculté información, dejé que interpretaseis las cosas de una forma equivocada.

—¿Qué es lo que hemos interpretado mal?

—Lo del terremoto. Y la actitud de los marcianos. Todo el mundo cree que ellos tienen grandes poderes y que podrían utilizarlos para atacarnos, para matarnos a todos, para destruir nuestras instalaciones en Marte.

—¿Y no es verdad?

—No, no lo es.

—Entonces, ¿no fueron ellos los que provocaron el terremoto? ¿Fue una coincidencia, después de todo?

—No. Lo provocaron ellos.

—Pues no comprendo nada. ¿En qué está el error?

—En suponer que los marcianos son como nosotros. No lo son, Steve. Son completamente diferentes. Si decidiéramos destruirlos, no se defenderían.

—Pero ¿por qué? ¡Explícate, por favor! ¡Cada vez lo entiendo menos!

—Voy a intentarlo. Es tan increíble que también a mí

me cuesta trabajo comprenderlo. Todo el mundo sabe que los marcianos nos superan en el dominio de su propio planeta y de las fuerzas naturales.

—Eso es evidente.

—Pero es que también son superiores a nosotros en otras muchas cosas. Su sentido moral, por ejemplo, es inconcebible. Están dispuestos a todo, incluso a sacrificar su propia vida, con tal de no causarnos daño. Pueden provocar un terremoto, y de hecho lo provocaron, pero no para amenazarnos ni para hacer una exhibición de fuerza, sino para corroborar mis palabras. Y lo calcularon cuidadosamente para que no causara daños irreparables. Hace ya mucho tiempo que descubrí que su posición, en esta partida de ajedrez entre dos mundos, es desesperada. Porque, si esto llegara a saberse, ¿cuánto tiempo crees que respetaría la Tierra el tratado? El dilema era horrible para mí. Y decidí ocultarlo, engañar deliberadamente a todos, dejar que os creyerais amenazados, porque nosotros no entendemos otro lenguaje. Ahora siento remordimientos. Pero no encontré otra salida. Y pienso mantenerme en esta postura durante toda mi vida, porque sería mucho peor decir la verdad.

Steve permanece en silencio durante un largo rato: sin duda, trata de asimilar lo que acaba de oír. Por fin murmura:

—El mal menor... Sí, no cabe duda. Hiciste lo que debías. Comprendo muy bien que me exijas secreto absoluto.

—Lo que no sé es cuánto tiempo se podrá mantener esta situación.

—Indefinidamente, espero —contesta Steve—. Es un nuevo equilibrio del terror. Ya tuvimos uno, y funcionó.

Durante más de tres cuartos de siglo, la Tierra entera estuvo al borde de la destrucción total. Sólo el miedo pudo impedir que estallara la guerra definitiva. Cuando se constituyó el gobierno mundial, todo eso terminó. Ahora empieza de nuevo, y esta vez la cosa es mucho más delicada, porque el equilibrio es falso. Pero permíteme que te haga unas preguntas.

—Adelante.

—¿Cómo explicas la quemadura que sintió Tarkov cuando tocó al marciano? ¿No dices que no desean causarnos daño?

—Fue un dolor instantáneo e imaginario. Su mano no sufrió, y el impacto repentino no le dejó efectos secundarios, ni físicos ni morales. Estaba también cuidadosamente calculado.

—A pesar de todo, me resulta difícil comprender que existan seres inteligentes que no quieran defender su propia vida. ¿Es que no tienen instinto de supervivencia?

—Sí lo tienen, pero no le dan tanta importancia a la muerte como nosotros. La consideran preferible a otras muchas cosas.

—¿Por ejemplo?

—Causar daño a otros... Son incapaces de cometer una mala acción. ¿Recuerdas el primer mensaje que os transmití? Pedían que no siguiéramos adelante con nuestros planes porque, de lo contrario, ellos perecerían. Tarkov, naturalmente, lo tomó por una amenaza velada. Pero lo que pretendían con aquel mensaje no era sólo salvar sus propias vidas, sino, sobre todo, avisarnos de que estábamos a punto de cometer inconscientemente un acto vituperable. Si hubiésemos seguido adelante a pesar de todo, no se habrían defendido.

—¡Asombroso!

—Ahora comprenderás por qué no puedo aceptar tu ofrecimiento, por qué no te voy a acompañar en el viaje a Venus, por qué tengo que regresar a Marte. Estoy obligada, Steve. Si yo no volviera, tendrían que buscar otro intermediario, y quién sabe lo que haría otra persona si descubriera lo que yo sé.

Steve baja los ojos.

—Acabas de decirme que me quieres —continúo—. Sabes que yo te quiero también. Pero la vida no se reduce al amor. También existe el deber, la responsabilidad para con los demás. Somos seres humanos porque somos responsables. Tú tenías razón cuando dijiste que los marcianos son humanos. Lo han demostrado: están dispuestos a arriesgar la vida para cumplir con su deber. Ante ese ejemplo, ¿cómo no voy a renunciar yo a algo mucho menos importante? Porque esta separación no es definitiva, Steve.

—Tienes razón. Será cosa de un par de años.

Le miro fijamente a los ojos y trato de grabar su rostro en mi memoria, tal como aparece en este momento.

—Adiós, Steve. Suerte.

—Adiós, amor mío. Volveré.

—Te estaré esperando.

MUCHO DESPUÉS DE SU PARTIDA, sigo sentada en el mismo lugar, con la mirada perdida en el infinito. Pero de pronto, sin saber por qué, me siento llena de esperanza frente a todas las dificultades que pueda esconder el porvenir. Mis ojos, atravesando la ventana de la habitación, no ven el cielo azul de la tarde terrestre, sino el tono anaranjado de Marte, semejante a una eterna y cálida puesta de sol. Y de pronto he comprendido que ya no me resulta extraño, que deseo volver allí, porque ese cielo se ha convertido finalmente en mi hogar.

Índice

Colección GRAN ANGULAR

1 / *Jean-Claude Alain,* **Los muchachos de Dublín**
2 / *Pierre Pelot,* **El pan perdido**
3 / *Eve Dessarre,* **Danièle en la isla**
4 / *Serge Durousseau,* **El mexicano**
5 / *Jacqueline Cervon,* **La jarra rota**
6 / *Jacqueline Cervon,* **Barril de pólvora**
7 / *Luce Fillol,* **María de Amoreira**
8 / *Ch. Grenier-W. Camus,* **Cheyenes 6112**
9 / *Pierre Pelot,* **La jangada**
10 / *John R. Townsend,* **El castillo de Noé**
11 / *William Camus,* **Un hueso en la autopista**
12 / *Hélène Vallée,* **El amo de Seijala**
13 / *Jacqueline Cervon,* **El zarpazo de la fiera**
14 / *Jan Terlouw,* **Invierno en tiempo de guerra**
15 / *María Halasi,* **Primer reportaje**
16 / *André Massepain,* **Los filibusteros del uranio**
17 / *Lucía Baquedano,* **Cinco panes de cebada**
18 / *Rosemary Sutcliff,* **Aquila, el último romano**
19 / *Jordi Sierra i Fabra,* **El cazador**
20 / *Anke de Vries,* **Belledonne, habitación 16**
21 / *Willi Fährmann,* **Año de lobos**
22 / *Jacqueline Cervon,* **Cosecha en el desierto**
23 / *María Gripe,* **El abrigo verde**
24 / *W. Camus-Ch. Grenier,* **Una india en las estrellas**
25 / *Peter Carter,* **El «Sentinels»**
26 / *Willi Fährmann,* **El largo camino de Lucas B.**
27 / *Juan Ignacio Herrera,* **Embarque puerta 9**
28 / *Evert Hartman,* **Guerra sin amigos**
29 / *Thea Beckman,* **Cruzada en «jeans»**
30 / *Jaap ter Haar,* **El mundo de Ben Lighthart**
31 / *María Gripe,* **Los escarabajos vuelan al atardecer**
32 / *Jordi Sierra i Fabra,* **...En un lugar llamado Tierra**
33 / *Anke de Vries,* **El pasado quedó atrás**
34 / *Carmen Kurtz,* **Querido Tim**
35 / *Ivan Southall,* **La locura de Finn**
36 / *Montserrat del Amo,* **La piedra de toque**
37 / *Carmen Kurtz,* **Los mochuelos**
38 / *María Gripe,* **El rey y el cabeza de turco**
39 / *Ba Jin,* **La familia Kao**
40 / *María Gripe,* **Agnes Cecilia**
41 / *José León Delestal,* **Tres veces Eleazar**
42 / *María Gripe,* **El país de más allá**
43 / *Lensey Namioka,* **El valle de los cerezos rotos**
44 / *Käthe Recheis,* **El lobo blanco**
45 / *Isaac Bashevis Singer,* **Krochmalna n.º 10**
46 / *Kathryn Lasky,* **La huida**
47 / *María Gripe,* **La sombra sobre el banco de piedra**
48 / *Mollie Hunter,* **La fortaleza**
49 / *María Gripe,* **El túnel de cristal**
50 / *Erich Wustmann,* **Hrenki**
51 / *Forrest Carter,* **La estrella de los cheroquis**
52 / *Lensey Namioka,* **En el pueblo del gato vampiro**
53 / *Sarah Allan Borisch,* **El protocolo**
54 / *Fernando Lalana,* **El zulo**
55 / *Carlos-Guillermo Domínguez,* **Atacayte**
56 / *Alfredo Gómez Cerdá,* **La casa de verano**
57 / *Joan Aiken,* **Vete a ensillar el mar**
58 / *Jordi Sierra i Fabra,* **Regreso a un lugar llamado Tierra**
59 / *José Luis Olaizola,* **Senén**
60 / *Joan Aiken,* **Ponle bridas al viento**
61 / *Peter Carter,* **Sangre en las murallas**
62 / *José Luis Martín Vigil,* **Habla mi viejo**
63 / *Richard Ford,* **En busca del Faradawn**
64 / *Albert Payson Terhune,* **Lad, un perro**
65 / *Othmar Franz Lang,* **El camino del arco iris**
66 / *Suzanne Sens,* **Hijo de meteco**
67 / *Montserrat del Amo,* **La encrucijada**
68 / *Jordi Sierra i Fabra,* **El testamento de un lugar llamado Tierra**
69 / *Helen Keiser,* **La llamada del muecín**
70 / *Lene Mayer-Skumanz,* **Barro entre las manos**
71 / *Alessandra Jesi Soligoni,* **La herencia de los Bisnenti**
72 / *Sigrid Heuck,* **El cazador de la luna**
73 / *Tilman Röhrig,* **Quizá dentro de 300 años**
74 / *Leonor Mercado,* **Cuaderno de bitácora**
75 / *Carlos-Guillermo Domínguez,* **Sosala**
76 / *Anke de Vries,* **Cómplice**
77 / *Jordi Sierra i Fabra,* **El último verano miwok**
78 / *Scott O'Dell,* **El quinto real**
79 / *Jordi Sierra i Fabra,* **El joven Lennon**
80 / *Bo Carpelan,* **Delfines en la ciudad**
81 / *Isolde Heyne,* **Cita en Berlín**
82 / *Juan M. San Miguel,* **Alejo**
83 / *Federica de Cesco,* **El caballo de oro**
84 / *María Gripe,* **Aquellas blancas sombras en el bosque**
85 / *Tie Ning,* **La blusa roja sin botones**
86 / *Jan Terlouw,* **Barrotes de bambú**
87 / *John Hooker,* **El capitán James Cook**
88 / *Carlos Villanes Cairo,* **Destino: la Plaza Roja**
89 / *Alison Morgan,* **Los ojos del ciego**
90 / *Miguela del Burgo,* **Adiós, Álvaro**
91 / *Andy Tricker,* **Voy a vivir**
92 / *Thomas Jeier,* **El apache blanco**
93 / *Jordi Sierra i Fabra,* **Shakanjoisha**
94 / *Urs M. Fiechtner,* **Historia de Ana**
95 / *Fernando Lalana y Luis Puente,* **Hubo una vez otra guerra**
96 / *Rodrigo Rubio,* **La puerta**
97 / *Alfredo Gómez Cerdá,* **Pupila de águila**
98 / *Carlos Fiances,* **Jaque a la deuda**
99 / *Liva Willens,* **A veces soy un jaguar**
100 / *Jordi Sierra i Fabra,* **La balada de Siglo XXI**
102 / *Fernando Lalana,* **Morirás en Chafarinas**
103 / *Gemma Lienas,* **Así es la vida, Carlota**
104 / *Josep Francesc Delgado,* **Las voces del Everest**
105 / *Emili Teixidor,* **El soldado de hielo**
106 / *Carlos Villanes Cairo,* **Retorno a la libertad**

107 / *Sheila Gordon,* **¡Ni una hora más!**
108 / *Alice Vieira,* **Úrsula**
109 / *María Gripe,* **Carolin, Berta y las sombras**
110 / *Juan M. San Miguel,* **Cerco de fuego**
112 / *Carlos Puerto,* **Akuna matata**
114 / *Sigrid Heuck,* **El enigma del maestro Joaquín**
115 / *Francesc Sales,* **Diario de Alberto**
118 / *Maite Carranza,* **La selva de los arutams**
119 / *Joan Manuel Gisbert,* **La frontera invisible**
120 / *Peter Dickinson,* **Mi madre es la guerra**
121 / *Nicole Meister,* **La historia de Mon**
122 / *Mette Newth,* **Secuestro**
123 / *Werner J. Egli,* **Tarantino**

Edición especial:

29 / *Thea Beckman,* **Cruzada en «jeans»**
31 / *María Gripe,* **Los escarabajos vuelan al atardecer**
101 / *Michael Ende,* **El ponche de los deseos**
102 / *Fernando Lalana,* **Morirás en Chafarinas**
111 / *Joan Manuel Gisbert,* **La noche del eclipse**
113 / *Jordi Sierra i Fabra,* **El último set**
116 / *Vicente Escrivá,* **Réquiem por Granada**
117 / *Fernando Lalana,* **Scratch**
124 / *Alejandro Gándara,* **Falso movimiento**